グルメ警部の美食捜査3

美味しい合コンパーティーの罠

斎藤千輪

PHP
文芸文庫

○本表紙デザイン＋ロゴ＝川上成夫

Contents

1

美味しい合コンパーティーの罠

その日も燕《つばめ》カエデは、愛車のミニクーパーを安全運転で走らせていた。

黄昏《たそがれ》が迫る中、上部だけ開けた窓から春の爽やかな風が吹き込んでくる。後部座席にはスーツ姿の男性二名が、やや窮屈《きゆうくつ》そうに座っている。

「先輩、これからメシ行きません?」

「ん? どこか行きたい店でもあるのか?」

「実はですね、西新宿の高層ビルに完全個室制のシーフードレストランができたんです。オレの友だちが八人で予約したんですけど、来るはずだったヤツがひとりドタキャンになっちゃって……」

「要するに、穴埋めってやつだな」

「いやー、面目ない。代打を頼むみたいで恐縮《きようしゆく》っす。でも、この機会にオレのダチ、先輩にも紹介させてほしいかなーって。生牡蠣《がき》がウマいって評判の店だし」

「ふむ、生牡蠣か。オイスターバーにも久しく行ってないし、悪くないな」

そう言ってオシャレな黒縁メガネを光らせたのは、生粋《きつすい》の美食家である久留米斗真《くるめとうま》。カエデがこっそりグルメ警部と呼ぶ、警視庁の警務部に勤めるキャリア組だ。

ちなみに彼が光らせたメガネは、ダニエル・クレイグ版『007』シリーズのジェームズ・ボンド御用達の高級ブランド、トムフォードのもの。左手首には同じくボンド愛用として知られるオメガの時計が存在感を放っている。

要するに、警部は007マニアなのだ。本人は決して認めないけど。

「牡蠣フライとかパエリアもウマいらしいです。ね？　行きましょうよ」

しきりに警部を誘っているチャラ男風の茶髪男性は、同じく警視庁・強行犯捜査係の巡査部長である小林幸人《こばやしゆきと》。プライベートはかなりユルユルだが、機動力を買われているノンキャリアの刑事だ。

「料理は自由にオーダーできるのか？　それともコース設定してあるとか？」

「たぶんコースとかじゃないです。自由に頼んでOKだと思います」

「よし、それなら行ってみるか。カエデもどうだ？」

後方から話しかけられて、「はい！　ぜひ！」と即答する。先ほどから興味津々で話を聞いていたのだ。食いしん坊のカエデの頭の中は、すでに大きな殻に盛られた生牡蠣で一杯だった。

「……えーっと、カエデちゃんも行ける、んだ」

なぜかぎこちなくしゃべる小林。すかさず、「あ、ご迷惑だったら遠慮《えんりょ》しておきます！」と返答する。

〝痩《や》せの大食い〟〝底なしの胃袋〟という形容詞がピッタリなカエデは、大人数の食事会では浮いてしまいがちなタイプだった。周囲が驚くほど食べまくってしまうからだ。

……いや、アルコールは受け付けないので、みんなが飲みまくるのに割り勘の会では圧倒的に不利。飲まない分食べるのだから、割り勘ではむしろフェアなのではないか……？

などと思考していたら、警部が「カエデが同行したらまずいのか？　コース設定してないなら、ひとりの追加くらいなんとかなるだろ？」とフォローしてくれた。

「それに、彼女は私の個人運転手だ。食事に行ったらそのあいだ待たせてしまう。食べるのが大好きなのに、ひもじく待たせたくはない。カエデが無理なら私も遠慮する」

「グルメ警部……」

「カエデ、何度も言わせるなよ。私はグルメではない。久留米だ」

「す、すみません！」

……なんて寛容な雇い主。グルメ、いや、久留米警部。あなたがドライバーとしてわたしを必要としてくれる限り、一生ついていきます！

感激で涙目になりそうになったが、やはり小林のぎこちなさが気になる。

「でも、わたしは本当に大丈夫です。アンパンでも買って車で待機してますから、警部だけ行ってきてください」

「いや、別のシーフード店にふたりで行こう」

「いやいや、それはむしろ小林さんに悪いから……」

「あの、別にカエデちゃんが邪魔なわけじゃないです！　みんなで行きましょう。もうひとり追加するように連絡しておきます」

小林はあわててスマートフォンを操作し始めた。

「じゃあ、西新宿に向かいますね」

生牡蠣への期待で胸を躍らせながら、カエデはハンドルを新宿方面に切ったのだった。

◈

やっぱ邪魔だったんじゃん！

高層ビルの最上階にあるシーフードレストラン。ガラス窓の外に美しい夜景が広がる個室に案内された瞬間、カエデは憤慨《ふんがい》しそうになった。

テーブルで向かい合っているのは、スーツ姿の男性が二名、着飾った女性が四名。男性の横に小林が座り、「お待たせしましたー。まずは乾杯して、それから自己紹介ですかね」と愛想よく笑顔を振りまいてから、「先輩はオレの横に。カエデちゃんは女の子の横に座ってね」と小声でささやく。

小林と警部で男性が四名になり、カエデが加わって女性が五名となった。カエデさえいなければ、男女が四名ずつで……。

これ合コンパーティーじゃない！　女がひとり多くなったから、わたしだけ邪魔者なんだ。マジ最悪！　赤っ恥だよ！

内心で激しく毒づくカエデ。だから小林は躊躇《ちゅうちょ》したのだ。合コンの穴埋めでグルメ警部を誘ったのに、カエデまでついてきたら数が合わなくなってしまう。しかも、合コンなのに小林が知り合いの女を連れてくるなんて、野暮《やぼ》にもほどがある行為なのだから。——時すでに遅し、だけど。

「先輩、まずはビールでいいですよね。カエデちゃんは？」

「……ジンジャーエールください」

「ラジャー！　ヒロシ、オーダーは……」

「おう、僕が入れるよ」

ヒロシと呼ばれた小林の友人が、ファミレスなどでよく見かけるタブレットを手にしている。それ以外にも紙のメニューが置いてあり、警部が食い入るように眺《なが》めている。

「……本日の生牡蠣。牡蠣は一種類だけか。どこ産の牡蠣なんだ？」

カエデの斜め前の席で、グルメ警部がメガネを手に首を傾《かし》げる。

琥珀のような美しいブラウンの瞳、すっと通った鼻筋、色白の肌。さり気なく身に着けた高級ブランド品。かなりの美男エリートである警部を、カエデの隣に並ぶ四人の女子たちが笑みを浮かべつつガン見している。

ちょっと、この人は違うんだから！　女子目当てで来たんじゃないの。目当てはあくまでもグルメなの。期待感たっぷりの視線を向けないでくださいよ！

などと訴《うった》えたい気持ちを必死で抑えた。警部にとって単なる雇用者の自分が、何を血迷ったことを……。と反省の念がこみ上げてくる。

「あの、料理は〝牡蠣づくしコース〟にしてもいいかな。生牡蠣、牡蠣とサーモンのフライ、シーザーサラダ、牡蠣と海老のグラタン、牡蠣入りシーフード・パエリア。それにデザート。あとは追加で適当に。それでいいですか？」

幹事らしきヒロシの意見に、反対する者は皆無……かと思ったら、グルメ警部が堂々たる口ぶりで意見した。

「メニューにはないが、オムレツを頼みたい。それから、冷えた白ワイン……シャルドネをフルボトルで。それだけ追加したいのですが」

「あーっと、わたしが直にオーダーしてきます！　牡蠣づくしコース九人分、それからオムレツにシャルドネですね」

明らかに面倒くさそうな顔をしたヒロシに告げてから、カエデは部屋を飛び出して廊下のウエイターを呼び止めた。注文しようとすると、またまた面倒そうな顔でウエイターから返された。

「オーダーはタブレットをご利用ください。それから、メニューにないお料理やワインは対応できません」

「……ですよね」

初めての店でオムレツを頼むのは、グルメ警部ならではのお約束だった。シンプルなオムレツを食べれば、その店のレベルがわかる。即席のオーダーに応じるか否かも、警部が店を「確保する」かどうかのジャッジ項目なのだ。

ちなみに、この「確保する」とは、「お気に入りに認定する」という意味である。

すごすごと部屋に戻ろうとしたら、すれ違ったカジュアルファッションの男性が笑みを寄こした。髪が長めで右頬《ほお》にホクロのある、やさしそうなイケメンだ。彼がカエデたちのふたつ右の部屋に入っていったのを何気なく確認してから、席に戻ってウエイターに言われたことを警部たちに告げた。

「……じゃあ、こっちでやりますから」と、ヒロシがますます面倒そうな声でタブレットをいじる。警部は、「シャルドネがないならハウスワインで結構です」とヒロシに告げ、小声で「オムレツを断る、ワインも選べない。この店、確保は無理だな」とカエデにぼやく。

「しょうがないですよ。合コンパーティーなんだから、あんまり我儘《わがまま》言わないほうがいいと思いますけど」

「なにっ？　ご、合コンだと？」

早く気づけよ！　とツッコみたくなるほど、カエデの雇い主は世間からズレている男なのだ。

「それでは皆さーん」と、小林が警部のズレズレ発言を遮《さえぎ》った。

「乾杯はまだですが、自己紹介しちゃいましょう。オレは小林幸人、二十八歳。仕事は……一応、公務員です。趣味はシューティングゲーム、スポーツ全般。無駄に身体《からだ》鍛えてます。で、右にいるのが中村《なかむら》ヒロシ。今日の幹事を務めてくれました――」

「はい、中村ヒロシです。小林とは高校の同級生で、今も一緒にバッティングセンターなんかに行ったりしてます。仕事はシステムエンジニア。アウトドア好きで、今はキャンプにハマってます。一緒にキャンプしてくれる女性、募集中です」

カエデの横にいる四人の女子が、満面の笑みで頷《うなず》いている。

続いてヒロシの隣にいる男性・浜崎《はまさき》タケルが自己紹介した。彼も小林の高校の同級生で、一部上場企業に勤めるエリートのようだ。

「そして、こちらはオレの仕事の先輩で久留米斗真さん、三十一歳。趣味は……やっぱグルメですかね、先輩？」

小林に振られた警部は、「まあ、そんな感じで」と愛想の欠片《かけら》もない返事をして男性側の紹介が終わった。

女子側は全員、ヒロシが集めた都内のＯＬで、四人とも同じ企業で事務やら受付やらをしているようだ。年齢は共に二十六歳。名前は覚え切れなかったが、カエデの横にいる色気タップリのユルフワヘアの女子が、黒柳《くろやなぎ》ゆず子ということだけは記憶に残った。

「最後になっちゃったけど、こちらは燕カエデちゃん。めっちゃ童顔だけどれっきとした成人女性なんですよー。カエデちゃん、いくつだっけ？」

小林に促《うなが》され、渋々《しぶしぶ》と自己紹介をする。

「二十三歳。仕事はプライベート運転手です。趣味は漫画、アニメ、ゲーム、ドライブ、あと食べ歩き。よろしくお願いします」

「へー、個人運転手の女性なんて珍しいねえ」とヒロシが目を見張ったが、軽く頷いておくだけにしておく。なにしろ、自分はこの場で唯一のお邪魔虫なのだから。

やがて飲み物が運ばれてきたので乾杯していると、氷の敷き詰められた大きなガラス皿に、大粒の生牡蠣が盛られて運ばれてきた。十八個あるのでひとり二個なのだろう。

「これは、どこ産の牡蠣なんですか?」

早速、グルメ警部がウエイターに尋ねている。

「本日は、岩手産の大粒牡蠣をご用意しました。レモン、ポン酢、カクテルソース、お好みでかけてお召し上がりください」

各自の前に、レモン、ポン酢、ケチャップのようなソースが三つに仕切られて盛られたソース入れが置かれた。

「カクテルソースってなんだろ?」と横のゆず子がつぶやくと、すかさず警部が口を開く。

「ケチャップ、ウスターソース、レモン果汁、西洋ワサビなどで作るソース。日本ではメジャーではないかもしれませんが、オイスターバーでは定番のソースです。甘酸っぱくて生牡蠣によく合います」

「……すごい。久留米さんって本当にグルメなんですね。私も白ワイン、飲んじゃおっかな」

「どうぞ。生牡蠣には白ワイン。牡蠣の生臭さを消して甘みを増してくれます。本当はシャルドネがお勧めなのですが、このハウスワインも悪くない。よかったらお注《つ》ぎしますよ」

「ありがとうございます」

ゆず子が人数分用意されていた空《から》のワイングラスを掲げ、警部がワインクーラーで冷やされていた白ワインを注ぐ。

「……んー、生牡蠣とカクテルソース、めっちゃ美味《おい》しい。……うん、白ワインもいいですね。食通の方とご一緒できてラッキーです」

ひとつ目の生牡蠣を食べてワインを飲んだゆず子が、うっとりとした表情でグルメ警部を見つめている。

カエデは何も話す気になれず、黙って生牡蠣をレモンだけで食らう。

わあ、冷え冷えでプルンプルン！　ミルキーかつジューシーで、臭みもほぼないし大粒で食べ応え満点！　ヤバ、これなら五十個くらいイケそう。

二個目の生牡蠣に手を伸ばす。警部も二個目に突入しているが、ほかの人々は食い気よりもコミュニケーションに夢中で、いくつもの生牡蠣が放置されている。もったいない。鮮度が落ちていくのに……。と思ったとき、警部が「皆さん、新鮮な生牡蠣なのでお早めにどうぞ」と声を上げた。皆が一斉に牡蠣を食べ、すぐさま雑談を再開した。

「あの、久留米さんは公務員っておっしゃってましたよね？」

ロングヘアを片手でかき上げて、微《かす》かに香水を漂わせたゆず子が問いかけ、「ええ」と警部が視線も交わさずに返事をする。

あー、ダメダメ。食事に香水つけて来る人、警部は苦手なの。料理の香りが損なわれちゃうから。お綺麗な方なのに残念ですね。

我ながら意地が悪いなと思いながら内心でつぶやく。ジンジャーエールがさっきより美味しく感じる。

「よろしければ、どちらにお勤めなのか教えていただけますか？」

「警視庁です」

「えっ？　刑事さん？」

大声を発したゆず子のせいで、全員が警部に注目する。

「刑事ではなく内勤ですが、一応警部でして、いろいろと捜査はします」

その答えに女子たちから感嘆の声が漏《も》れ、熱い視線が彼に注がれる。

グルメ警部の父親・久留米孝蔵《こうぞう》は、警察庁長官を務める重鎮。母親の絹子《きぬこ》は某財閥家系のお嬢様で、大手宝石店の経営者。つまり、この人は超ド級のお坊ちゃまだ。

そんな警部に対し、警視庁の人々が「危険な現場には行かせるな」と忖度《そんたく》した結果、人事を担当する警務部に配属されてしまったのだが、本人はバリバリ事件の捜査をしたい。そのため、空き時間で興味を持った事件の捜査を個人的にしてもいいという、ガス抜きのような特権が与えられている。なぜか、美食が関わる事件ばかりなのだが。

そして、グルメ警部の助手であり個人運転手を務めるのが、身長が足りずに憧れの警官になり損ねたカエデなのだった。

「そうなんですね。警察の方とお知り合いになれて光栄です！」

興奮気味に瞳を輝かすゆず子。ほかの三人も警部に質問攻めを始めた。お勤めは霞《かすみ》が関《せき》？　夜勤なんかもあるんですか？　銃を撃ったり危ない目に遭《あ》ったことは？　などなど。すると……。

「あのー、実はオレも警視庁の巡査部長なんだ。どっちかっていうと、危ない目に遭うのは内勤の先輩より現場に出るオレなんだよね」

小林の告白に、えーっ？　ちょっと意外！　と女子たちが騒ぎ出す。注目が小林に移った隙《すき》に、警部は運ばれてきた料理を上品に味わう。もちろん、カエデは速攻で食べ終えていた。

「警部、牡蠣フライに添えられたタルタルソース、ピンク色でちょっと酸味が強かったですね。噛《か》むとジュワーッと甘いエキスが溢《あふ》れてくる牡蠣とピッタリでした」

「ああ、スタンダードなタルタルソースに柴漬けを刻んで入れてあるんだ。工夫は認めるよ。牡蠣は新鮮で揚げ具合もまあまあ。でも……」

「わかってます。確保はできないんですよね？」

「その通り。残念だ」

グルメ警部は紙ナプキンで口元を拭《ぬぐ》い、白ワインを飲み干す。カエデがお代わりのボトルとジンジャーエールをタブレットで入れていると、いつの間にか席を立っていたゆず子が、メイクをバッチリ直して戻ってきた。トイレに行っていたのだろう。

「あの、久留米さん。ふたりでお話ししてもいいですか？」

ちょっと、狙いをこの人に定めたわけですかっ？　とカエデは横目で彼女を睨《にら》んだのだが、「いいですよ。ここで話しましょう。みんな歓談中ですし」と警部がクールに対応したので、スーッと溜飲《りゅういん》を下げる。

「……じゃあ、小声で。実はですね……」

真剣な目をしたゆず子は、警部に向かって意外な話をし始めた。

「今、元カレとよく似た人を見かけたんです。ふたつ右の部屋に入ってったんですけどね、本当に彼かもしれません。そいつ、結婚の約束までしたのに、私から借金して逃げちゃったんですよ。つまり結婚詐欺師です」

憎々し気に唇を固く嚙んでから、彼女は懇願《こんがん》した。

「警部さん、どうかあの男を捕まえてもらえませんか？」

け、結婚詐欺？　と声を上げそうになったカエデが周囲を見回すと、小林たち男性陣は料理に手もつけず酒を飲み、他の女性三人とおしゃべりに興じている。こっちの会話は耳に入っていないようだ。

「詳しく聞きましょう。カエデは私の助手なんです。安心して私たちに話してください」

グルメ警部が穏やかに促し、ゆず子は険《けわ》しい表情で事情を語り出した。

「彼は片山智也《かたやまともや》、二十九歳。知り合ったのは一年半くらい前です。ちょっと目立つイケメンで、行きつけのバーで何度か話してるうちに、個人的に会うようになりました。フリーの漫画編集者で、有名出版社の作品をたくさん手がけてる人でした。

彼、三回目のデートで『結婚前提で付き合おう』って言ってきたんです。ついその気になっちゃって、それからブライダルフェアに一緒に行ったりして、結婚の準備を始めました。うちの親にも紹介したんです。陽気で明るい人だったから、親もすぐ気に入ってくれました。でも、彼の親には会わせてもらえなかった。家族と仲が悪かったみたいですね。

で、しばらくして急に言い出したんです。『実は編集者仲間たちと漫画の制作会社を立ち上げようとしてるんだけど、事業資金が百万だけ足りないんだ。今すぐ準備しないと計画が頓挫《とんざ》する。その問題が片づかないうちは結婚できない』って。

……それで私、貸すことにしちゃったんです。そしたら、『三倍の三百万にして返す。それを結婚資金にしよう』って言ったので、貯金から現金で渡しました。一応、簡単な借用書を書いてもらったんですけど、だんだん連絡が取れなくなって、行きつけのバーにも来なくなって。そこのマスターに訊いても、彼の素性《すじょう》は知らなかったみたいで……。

最終的には、『別れたい、お金は落ち着いたら返す』みたいなメールが来て、音信不通になっちゃいました。ケータイ番号も住所も変えられちゃって、SNSなんかもやってなかったので、どうすることもできなかった。要するに私、彼に逃げられちゃったんです。

もしかしたら、名前も仕事も嘘だったのかもしれません。どうにか捜したかったんだけど、弁護士とか探偵に頼むと莫大《ばくだい》な費用がかかるから、泣き寝入りするしかなかったんですよ……」

悲しそうにうつむくゆず子。カエデの中に同情と怒りが湧き上がってくる。

結婚を餌《えさ》にお金を巻き上げる男なんて、絶対に許せない！

「あの、ゆず子さん。わたしも同じ部屋に入っていく男の人、見かけたんです。右の頰にホクロのある髪が長めの人。元カレに似てるのって……」

「それです！　そいつが智也にそっくりだったんです。髪型とか雰囲気が違ってたから、絶対にそうだとは言えないんですけど」

なるほど。確かに印象に残るイケメンだった。

「警部、なんとかできないんですか？　借用書があるって言ってましたよね。詐欺の証拠になるんじゃないですか？」

カエデが意気込《いきご》んで尋ねると、警部はゆず子をじっと見つめた。

「ゆず子さん、その借用書にはなんて書いてあるんですか？」

「貸した日の日付と、私たちの名前と住所、借用した百万円を三百万円にして返すって文章と、お互いのサインです」

「返済日は記載《きさい》してありました？」

「それが結婚するつもりだったから、一年以内としか書いてなかったんです。もうすぐ一年経っちゃいます。どうにか結婚詐欺で逮捕してもらって、お金を取り戻したいんですよ」

するると警部は小さく息を吐き、気の毒そうに言った。

「残念ですが厳しいですね。欺罔《ぎもう》行為、つまり相手を騙《だま》して金品を手に入れる犯罪は立証が難しい。『犯人は最初から被害者を騙すつもりでいた』と証明する必要があるわけですが、その証拠を集めるのが困難なんですよ。結婚の意志についても、『初めはあったけど気が変わった、騙すつもりじゃなかった』と言い逃れする人が多いんです」

「だけど警部、ゆず子さんの元カレが偽名で漫画の編集者じゃなかったら？　仲間と会社を立ち上げるのが嘘だったとしたら、詐欺に該当するんじゃないですか？」

正義感からカエデも必死にゆず子を援護《えんご》する。

「その場合は立証の可能性が出てくるが、ほかに極めて重大な問題がある」

「問題？」

「『一年以内に百万を三百万にして返す』という契約内容だ。単純に年利にすると二〇〇％もの利息になる。これは出資法に違反してしまう」

わけがわからないカエデと、同じように戸惑《とまど》うゆず子に、警部はゆっくりと説明した。

「出資法では、個人が年109・5％を超える利息の契約をした場合、5年以下の懲役《ちょうえき》、もしくは一千万円以下の罰金、またはその両方が科せられる。ゆず子さんはこの109・5％を超える利息で契約してしまったため、『お金を返して』と言えなくなっているんです。それは犯罪行為になってしまうから」

「ウソ！　だって、私はあいつが作った書面にサインしただけなんですよ！」

「それでも、この法定外の利息で承諾《しょうだく》した時点でアウトなんです。仮に彼と会えて返済を迫った場合、相手から『出資法違反だ』と逆ギレされたら終わりです。こんな話をするのは大変心苦しいのですが、その彼は本当に詐欺師だったのかもしれない。でも、法のグレーゾーンをついてくる知能犯の逮捕は、難しいのが現状なんですよ」

眉をひそめた警部の前で、ゆず子は「そんな……悔しい……」とつぶやく。今にも泣き出しそうな顔をしている。

「せめて金利が年109・5％以下だったら、どうにかできたかもしれないのですが……。お力になれなくて申し訳ないです」

「いえ、こちらこそいきなり重い話をしてすみません。さっき見た人も似てるだけで別人かもしれないし、そもそも私がバカだったんですから……」

暗い目をしたゆず子を、カエデも警部も見守るしかなかった。テーブルにはシーザーサラダが届いたが、ガツガツ食べる気にもなれない。

息苦しい沈黙が続く中、小林が助け舟を出してきた。

「やだなー、せっかくの出会いなんだから盛り上がっていきましょうよ！　ちょっと古いけど、山手線ゲームしましょう。お題は『シーフードの名前』。皆さん、いいですかー？」

「小林、山手線ゲームってなんだ?」

「え? 先輩、知らないんですか?」

「知らないとおかしいのか?」

「いや、わりと常識って言うか……。じゃ、説明します」

小林が警部に山手線ゲームの解説をしているあいだ、カエデは考えていた。

今の話、そのままにしちゃっていいのかな? 典型的な結婚詐欺師のような気がするんだけど、放置してもいいの? 別の被害者が出るかもしれないじゃない。せめて、今この店にいる男が片山智也かどうかだけでも調べたほうがよくない? わたしにもできることがあるかもしれない……。

「あの、友だちから急用のメールがきちゃいました。ちょっと電話してきますね」

誰からの返事も待たずに、カエデはバッグを持って部屋を出た。

❖

まずはトイレの洗面台に立ち、トップで団子結びにした髪をほどく。軽くウエーブのついた長い髪を肩に垂らすと、少しだけ大人びて見える。そうでもしないと、高校生に間違えられるほどの童顔でチビッコなのだ。

今日の服装は、グルメ警部から買い与えられたハイブランドのパンツスーツ。着回せるように色違いで四色も同じデザインのものをあつらえた中から、カーキ色を選んでいた。自分では絶対に買えない高級スーツだけど、警部のお供でレストランに入る機会が多いため、仕事時はフル活用させてもらっている。本来の私服はダサダサのプリントTシャツにジーンズばかりなのだが、このスーツ姿だといっちょ前のオシャレ女子に見えなくもない。

淡いオレンジのリップを塗り直して、元の部屋ではなく、そのふたつ右の部屋を目指す。今一度気を引き締めてから、扉の開いている個室に勢いよく飛び込んでいく。

「……あ、すみません！　間違えちゃったみたい！」

夜景がきらめく部屋の中で、三人の男性が一斉にこちらを見る。右頬にホクロのある男もいる。こいつが結婚詐欺師の片山智也なのか、どうにかして確かめたい。そのために、意を決して潜入《せんにゅう》したのである。

「わあ、ここもステキなお部屋ですね。ドジっちゃってホントすみません」

「いや、カワイイ子なら大歓迎！」

短髪にピアスの軽そうな男が笑顔を向けた。

「そうそう。うれしいサプライズだ」

色つきメガネの痩せた男も即座に同意する。

「あ、さっき廊下ですれ違いましたよね？　別の部屋で食事されてるんですか？」

ホクロの智也らしき男が話しかけてきた。

「はい。いわゆる合コン中なんですけど、あんまり居心地が良くなくて。わたしだけあぶれちゃったって言うか。それで気晴らしに少しだけ外に出て、帰ってきたところなんです。……ホントはあの部屋に戻るの、イヤなんですけどね」

わざと表情を曇《くも》らせた。自分でも驚くほどデタラメが口からこぼれてくる。おとり捜査で容疑者に近づいていく、ドラマの女刑事のような気分だ。

「そうなんだ。だったらここで少し飲んでけば？」

短髪ピアスが愛想よく言い出した。メガネ男も「どうぞどうぞ、飲んで食べてください」と続ける。ふたりともワインを相当飲んでるようだ。

うわ、食いついてくれた！　わたし、マジで刑事の才能あるのかも！

「ありがとうございます。でも、いきなりお邪魔しちゃうの、申し訳なくないですか？」

引き止めてくれるのを期待しながら、わざと上目遣《うわめづか》いで三人を見回す。

「むしろありがたいです」と、智也らしき男が対面の椅子に手をやる。

「実は、僕たちも合コンの予定だったんです。でも、ドタキャンされちゃって、野郎三人でわびしく飲んでたんですよ。よかったら、ここで気晴らししてってください。ワインでいいですか？」

スマートな物腰で智也らしき男がワインボトルを手にする。それとなく身に着けているものをチェックすると、高級そうな時計や指輪をしている。時計はロレックスっぽい。左中指のシルバーの指輪は、有名アクセサリーブランドのものに見える。

「お酒、ダメなんです。車で来てるので」

「へー、運転できる女性ってカッコいいな。僕は免許ないんで憧れる。じゃ、ソフトドリンクだ。ジンジャーエールなんてどうです？」

この男、かなり女性慣れしてる。やや強引だけど誘い方もスムーズだし、人当たりが良くてリッチそうな好青年。……めっちゃ怪しい！

「なんか本当にすみません。せっかくなんで、ちょっとだけ」

この先どうやって話を進めようか考えながら、カエデは席に着いたのだった。

簡単な自己紹介で、三人の名前と年齢がわかった。

短髪ピアスは浜口《はまぐち》コウキ、二十九歳。メガネ男は町田《まちだ》カズ、三十歳。そして、ホクロの男は二十九歳だったが、片山智也でなく玉川《たまがわ》智也だった。

苗字だけ違う。やはり偽名なのか……？

いぶかしがるカエデの気持ちなど知るはずもなく、智也がペラペラとおしゃべりをしている。

「僕たち三人ともフリーの編集者だったんだけど、漫画の制作会社を共同で立ち上げたばっかなんです。代表者は女性の大先輩でアシスタントが三人いて、大手出版社や漫画アプリ企業と絶賛取引中。きっとこの一年でもっと会社が大きくなる。夢のある仕事って楽しいよなあ、なんて話してたんですよね」

起業のためと言ってゆず子から百万円を借り、法定を超える金利で返済すると約束し、姿をくらました漫画編集者。仕事の内容はゆず子の話と相違ない。おそらく、適当に決めた設定をいつも使っているペテン師だ。名前もその都度変えているのだろう。ご機嫌に相槌《あいづち》を打っている他のふたりも、詐欺師仲間なのかもしれない。

「会社経営なんてすごいですね。どちらにあるんですか？」

「三軒茶屋《さんげんぢゃや》。そうだ、名刺を……あ、今日は持ってないや。誰かある？」

智也に問われて、ふたりが首を横に振る。

「プライベートだったんで持ち合わせてない」とコウキ、「俺もだ。ごめん」とカズ。

名刺なんて渡したくないはずだよね。きっと全部デタラメなんだから。

いちいち反感を覚えながらも、笑みを崩《くず》さないよう努力する。

「いいですよ。わたしだって名刺持ってないし。でも、わたしガチで漫画大好きなんで、めっちゃ興味あります！　どんな漫画を作ってるんですか？　雑誌連載とかしてたりして？」

「うちはウェブトゥーン専門」

赤ワインを飲みながら、智也が答えた。

「ウェブ、トゥーン？」

聞いたことがある単語だけど、それってなんだっけ？

首を捻《ひね》ったカエデに、メガネのカズが得意気に語り出す。

「簡単に言っちゃうと、縦スクロールで読むスマホ対応のデジタルコミック。フルカラーでいろんな漫画アプリで読めるんです。韓国発祥で、今はアジア全土を席巻してるのがウェブトゥーンなんですよ。横読みで紙対応の漫画が一般的なのって、今はアジアじゃ日本くらいじゃないかな。ウェブトゥーンも単行本化する場合があるけど、ほとんどがネット掲載の課金制。そのうち、日本の漫画もデジタルが主流になるって、俺たちは考えてるんです」

「そうそう。まだ主流じゃないからこそ、今のうちにウェブトゥーン界のトップを狙おうとしてるんだ。ウェブトゥーン原作のドラマなんかも出始めてるし、市場規模は拡大しつつある。うちらの会社は、日本だけじゃなくて海外配信も狙ってて、制作スタイルは分業制。つまり、ネーム、線画、彩色、背景とかを別々のプロに発注するから、大量生産が可能なわけ。今制作中の作品はほとんどが異世界ファンタジー系だけど、今後はいろんなジャンルに挑戦したいんだよね」

短髪ピアスのコウキも意気揚々《いきようよう》と語っている。

「なるほどー。わたしもアプリで読んだことあります。韓国の人気デジタル漫画を日本語訳したやつ。縦スクロールってすっごく読みやすいし、アニメの絵コンテっぽい魅力もあって、紙の漫画とは違う面白さがありますよね」

本当は漫画も小説も紙で読むほうが断然いいと思っているのだが、スマホで読むことがあるのも事実なので、あえて調子を合わせておく。

「そうなんだよ。カエデちゃん、わかってくれるなんて感激だなあ」

智也がうれしそうに笑いかけてくる。

「皆さんの作った漫画も読んでみたいです。なんて会社なんですか？」

「『コードK』。ネット検索してくれたらホームページが見られるよ。まだ作りかけのHPだから超シンプルだけど、どんどん代表作のリストなんかを掲載していく予定なんだ」

コードK。智也が口にした会社名をしかと記憶する。

「じゃあ、オススメのタイトル、教えてください。ファンタジーって大好物なんです。異世界バトル系とか、最高ですよね」

ああ……、と三人は顔を見合わせた。

「今は何作も制作中で、リリースは半年先くらいからなんだ。だから、まだ読んでもらえる作品はないんだけど、某アプリの先行独占配信なんかもすでにいくつか決まってる。独占配信って限られた作品しか選ばれないから、かなりの快挙《かいきょ》なんだよ。きっと話題になるはずだ。それを機に世界ヒットになったらスゴイことになる。会社は六本木の高層ビルに引っ越しだ」

胸を張る智也が、心なしか苦しそうに見える。

この人たち、いかにも業界の風雲児《ふううんじ》って感じで話してるけど、まだ作品が配信されてないなんてあり得るの？　HPなんて誰でもアップできるし、代表者は別の女性って設定みたいだし、ウェブトゥーン制作のような比較的新しいジャンルの仕事なら、いくらでもホラ話が作れそうじゃない！

膨れ上がりすぎて今にも弾けそうな猜疑心《さいぎしん》を必死に抑え、ニッコリとしてみせた。

「すごい、楽しみにしてます。配信されたら教えてほしいので、連絡先を交換させてもらっていいですか？」

連絡先さえ入手すれば、相手の素性を調べられるかもしれない。

「もちろん。ＬＩＮＥ交換しよう」

智也がスマホを取り出し、カエデは三人の男とそれぞれＬＩＮＥで繋がった。

「お待たせしました。シーフードフライの盛り合わせです」

部屋に入ってきたウエイターが、大盛りの皿とソース皿をテーブルにセットする。カエデのお腹がグウと鳴ってしまった。

そうだ、食事の途中で来ちゃったから、まだペコペコだったんだ……。

「すみません、タバスコもらえますか？」と智也が頼む。

「承知しました」

ウエイターが出ていくと同時に、「でた、タバスコ大好き智也くん」とコウキが茶化す。

「こいつさ、タバスコとか唐辛子《とうがらし》とかカプサイシン中毒で、どんな料理にも激辛調味料かけたがるんだ」

「別にいいだろ、人に強要するわけじゃないんだから。揚げ立てでウマそう。カエデちゃんも食べてってよ」

「いえ、大丈夫です。そろそろあっちに戻らないと」

電話をしてくると言って出てから、もう三十分が経とうとしていた。

「それは残念。ねえ、最後にカエデちゃんの仕事も訊いていい？　プライベート運転手って言ってたけど、どんな人の運転手なの？」

智也に問われたので、すかさず用意していた内容をしゃべり出す。

「わたしの雇い主、相当なお金持ちなんです。ジェームズ・ボンド御用達の高級車〝アストンマーティン・DB5〟を所有してるのにそれは鑑賞用で、わたしのオンボロミニクーパーに乗りたがるくらい、ちょっと変わったお金持ち。別に有名人ってわけじゃないんだけど、株投資なんかで資産を増やしたみたいなんです。だから、こんなにもらっていいの？　って思うくらいの好待遇で、このスーツもその人が用意してくれた制服のようなもんなんですよ。

わたし、趣味は二次元で彼氏もいないし、実家暮らしであんまりお金も使わないから、貯金ばっか増えちゃって。ホントは早く結婚して家から出たいんですけどね……。あ、推し漫画やアニメなんかには課金を惜しまないタイプなんで、皆さんの漫画が配信されたらドカ買いさせてもらいます。ここのドリンク代も置いてきますね」

金持ちの運転手で、貯金あり結婚願望ありの独身女。しかも漫画好き。多少の誇《こ》張《ちょう》はしてるけど嘘じゃない。さあ、餌に食いつけ！　すんなり詐欺のカモになってあげる。でも、証拠だけはしっかり押さえて、グルメ警部に確保してもらうからね！

完全におとり捜査中の刑事になり切っていたら、智也がチャーミングに微笑《ほほえ》みかけてきた。

「カエデちゃん、しっかり者でカワイイなあ。気に入っちゃったよ。僕も彼女募集中でお金の使いどころがあんまないんだ。漫画の話とかしたいから、また会ってもらってもいい？」

「おー、智也イクねえ」「機を見るに敏《びん》。さすがだよ」

コウキとカズの冷やかしをスルーし、真摯《しんし》な表情で彼は言った。

「よかったら、このあと別の店で二次会してもらえないかな？　できれば僕とふたりで。抵抗あるようだったらこのふたりも連れてくし、カエデちゃんの友だち呼んでくれてもいい。僕ら、これを食べたらすぐに出る。新宿のどっかで待ってるよ。どうかな？」

一本釣り大成功！　詐欺師の智也さん、よろこんで！

「わたしも、もっと漫画のお話ししたいです。ふたりでも全然いいですよ。どこで待ち合わせしましょうか？」

カエデは心からの笑顔を、相手に向けたのだった。

◈

トイレで髪を団子結びに戻してから、カエデは元の個室に戻った。

「遅くなってすみません！」

「今、電話しようかと思ってたんだぞ。何かトラブルでもあったのか？」

グルメ警部がややキツい言い方をする。

「いえ、トラブルじゃないです。話が長引いただけ。本当にすみません」

「だったらいいが……。心配させないでくれ」

心配してくれたんだ。うれしい……って、ナニよろこんでんのよ！

自分を戒《いまし》めていると、小林が「料理、全部出てきちゃった。カエデちゃんの分は取り分けといたよ」と皿を指差す。すっかり冷めてしまったグラタンやパエリアが、多めに盛りつけられている。

「ありがとうございます！」

とりあえず空腹を埋めようと、料理をマッハで平らげる。周囲が再開した歓談のざわめきのお陰で、黙々と食べている自分の浮き加減がそんなに苦痛ではない。警部は対面にいるゆず子と、互いの仕事について語り合っている。

皿が空になり、警部たちの会話が落ち着いた頃、「あのですね、警部、ゆず子さん。実はさっき……」と、カエデはふたりに智也との接触について報告を始めた。

「――なので、仕事はゆず子さんのお話と合致しました。名前は智也ですけど苗字が片山じゃなくて玉川だったので、本人だって断定はできません。でも、コードKって会社名やLINEの連絡先がわかったから、いろいろ調べられると思います」

「カエデ！」と警部が声を荒げた。

「はい！」ビクリと肩が動く。

「勝手なことをするんじゃない。単独で潜入なんて危険すぎるだろう。相手が凶悪犯だったらどうするつもりだったんだ」

「も、申し訳ないです……」

「それ以上、独断で行動はしないように。いいな」

「はい……」

柔道の黒帯を持っているカエデは、危険を顧《かえり》みない傾向がある。警部の捜査に同行し、犯人に柔道技を繰り出すことも何度かあった。だが、あくまでも警部の個人的な助手であって、警察官ではない。なのに独断で行動してしまったのだから、叱《しっ》咤《た》されても仕方がない。

猛省《もうせい》しているカエデの両手を、ゆず子がそっと握ってきた。

「カエデさん、ありがとう。私のために行ってきてくれたんですよね。確かめてくれて本当にうれしい。私、その部屋に行ってきます！」

止める間もなく飛び出していったゆず子を茫然《ぼうぜん》と見送る。警部は無言でワイングラスをくゆらせている。なんだか気まずい……。

だが、ゆず子はすぐに意気《いき》消沈《しょうちん》して戻ってきた。

「――もういませんでした。帰っちゃったみたいです……」

「大丈夫。感心できる手段ではないとはいえ、カエデが手がかりを入手しました。その人物が本当に詐欺行為を働いていたのか、個人的に調べてみます。まずは任せてもらってもいいですか？　悪いようにはしないので」

グルメ警部の言葉に、彼女は「いいんですか？　ありがとうございます！」と感激しながら、警部と連絡先を交換している。

「一応、借用書は保管しておいてください。何かわかったらご連絡します」

「わかりました。よろしくお願いします」

一縷《いちる》の望みを見出したゆず子が、何度も警部に頭を下げている。

カエデはどうしても、「このあと智也と二次会の約束をした」とゆず子に言うことができなかった。警部にもっと叱られるのがわかっていたからだ。

それからすぐにデザートのシャーベットが出て、食事会はお開きになった。カラオケに行くという小林たちと別れ、警部とビル地下の駐車場に向かいながら、カエデは叱咤される覚悟を決めて話しかけた。

「警部、ごちそうさまでした。自分勝手なことしてホントすみません。実はですね、まだ報告してないことがありまして……」

智也と新宿アルタ前で待ち合わせしてしまった、と打ち明けた途端、警部は意外にも悲しい視線を向けてきた。

「……あのなあ、はっきり言わせてもらうぞ。君が単独行動で危険にさらされたら、それで怪我《けが》でもさせてしまったら、私は自分のせいだと一生悔やむことになるんだ。私と関わったからそうなってしまったんだと、自分が許せなくなる。頼むから、相談なしで捜査まがいのことをしないでくれ。本当に頼むよ……」

カエデは説明のつかない熱い感情で、胸が一杯になってしまった。

「そうですよね。心配させてしまって申し訳ないです。もう二度と勝手な行動はしません。智也との約束もキャンセルします」

スマホを取り出したカエデを、警部は「待て」と制した。

「カエデの正義感や勇気には感嘆しているよ。さすが我が助手だと思う気持ちもある。だから、君がせっかく作ったチャンスを無駄にさせたくはない。それに、ゆず子さんと約束してしまった以上、私には真相を解明する義務がある。智也が本当に犯罪者だったら、どうにかして罪を償わせたい。なので、待ち合わせ場所には行ってほしい。もっと彼の情報を引き出してくれ。その代わり、私が尾行して近くで張り込む。絶対に危険がないように注視する。それでもいいか？」

「警部……」

なんて素晴らしい雇い主なのだろう。勝手なことをした自分を、最大限に尊重してくれているのだ。改めて、グルメ警部と知り合えた幸運に感謝の意を捧《ささ》げずにはいられない。

「ありがとうございます。わたし、捜査のお役に立てるように努力します。どうすればいいのか指示してください」

「個室のカラオケなどではなく、広めの喫茶店やカフェに入ってほしい。……そうだ、アルタの近くにかなり広い夜パフェの店がある。私もあとから入るので、そこがいいと誘ってくれ。それから、君のスマホを通話状態にしてジャケットのポケットに入れておく。私はワイヤレスイヤホンをして、常に君たちの会話を聞いている」

「わかりました」

「滞在時間の目途は一時間くらい。その間に、彼の住所や電話番号、ＳＮＳの有無など、あくまでも無理のない程度に個人情報を尋ねてみる。無理そうだったら何も聞き出さなくていい。それから、下手《へた》に相手の犯行を促すような発言はしないこと。たとえば、『事業に投資してみたい』『お金に困ってる人がいたら協力したい』

とか。これがおとり捜査だと知られたら、警察がわざと犯罪を誘発したとされて、問題になるケースがあるんだ」

ドキッとした。さっきはわざと、自分が貯金あり結婚願望ありの独身女だと誇張してしまった。今後は自分の発言に気を配らないと。

「だから、カエデは自然体でいてほしい。智也の漫画の仕事に興味を持ち、誘われたから話してくるだけ。友だちになれそうだから、相手のことを知りたいと思っただけだ。いいな」

「了解です！」

警部がそばにいてくれるなら安心だ。自然に智也から情報を引き出そう。

カエデは使命感を胸に抱き、ミニクーパーをアルタ付近の駐車場に移動させたのだった。

車から降りる前に、グルメ警部に確認をした。

「あの、万が一なんですけど、智也にまた会いたいって言われたら、どうすればいいですかね？」

「カエデはどうしたい？」

どうしよう？　と一瞬だけ迷ったが、すぐに返答した。

「わたしとしては、チャンスが続くうちは相手の要望を受け入れたいです。もちろん、詐欺行為を誘発するような言動はしませんけど、もしゆず子さんのときのように彼が結婚やお金の話を言い出したら、証拠が摑める可能性がありますよね。なので……」

「わかった。判断は君に任せる。ただし、また会うことになった場合も、常に私が尾行して近くで張り込みをする。スマホは通話状態にしておいてもらうし、次からはボイスレコーダーを渡すから会話を録音してもらいたい。少しでも危険な気配がしたら、すぐに私が出ていく。それでどうだ？」

「いいと思います！」

「それから、もし交際や求婚、借金の申し込みなど重要な要求をされた場合は、その場で返事をしないで考えさせてほしいと答えてくれ。その先は私と相談して決める。いいな」

「了解！　……って言っても、また誘ってくるか疑問ですけど」

「あの男が本当に詐欺師なら、誘ってきてもおかしくはないな。カエデは大きなネギをしょったカモに見えるから」

「……自分でもそう思います」

「実は黒帯を締めた猛禽《もうきん》なんだけどな。では、検討を祈る。くれぐれも無理はしないように」

「はい！」

カエデは髪をほどきながら早足でアルタ前を目指した。後方から大きなマスクをした警部がついてくるのを意識しながら。

◈

「へええ、こんなカフェがあったんだ。北海道発の人気スイーツ、夜パフェか。カエデちゃん、意外と夜遊びするタイプなの？」

「いえ、来るのは初めてなんです。知り合いから教えてもらっただけ。お酒飲めないから、夜遊びなんてほとんどしませんね。今夜は特別です」

「特別か。なんかうれしくなっちゃうな」

しまった、思わせぶりなことを口走ったのかも。気をつけなきゃ。

グルメ警部に指定されたカフェは、二階建ての大型店。すでに夜十時を過ぎているのだが、ほぼ満席状態だった。カップルや女の子だけのグループが多い。対面に座る智也は、パフェがイラスト化されたメニューを、じっくりと眺めている。

「ここのパフェ、すごいよ！　見た目もキレイで映えそうなもんばっか。これは女子受けしそうだなあ。カエデちゃん、何にする？」

通話中になっている自分のスマホを意識しつつ、智也からメニューを見せてもらう。――瞬時に意識がメニューに吸い込まれてしまった。

「うわー、この〝ハクチョウ〟ってパフェ、トップに白鳥形のルビーチョコが載ってる！　木苺クリームにフランボワーズのソルベ、アーモンドガレット、ナタデコ、ピーナッツロッシェ。中身も盛りだくさんで美味しそうだし、ルビー色と白のコントラストがステキ！

あっ、〝メロン・ドリーム〟も良さそう。赤肉メロン、青肉メロン、ルバーブやヨーグルトのソルベにミントのムース、レモンのジュレやメロンのコンカッセなんかがぎっしり入ってる！　これも食べてみたい！

待って待って、〝ピスタチオとカカオ〟もいいな。濃厚チョコクリームに網目のパイとピスタチオが飾ってあって、下はピスタチオとカカオのジェラート、さらにヘーゼルナッツのムースとピスタチオのプリン。これ、絶対美味しいヤツだ。全部いいけど、どれも二千円くらいでめっちゃ高い。どうしよう、迷っちゃうな……」

ハッ、と顔を上げたときは遅かった。智也が珍獣《ちんじゅう》と遭遇《そうぐう》したかのような目で、カエデを見つめている。

……最悪。食いしん坊&けちん坊であることがバレてしまった……。

「迷うなら全部頼んじゃえば？　誘った僕の奢《おご》りだからさ」

「え、そんなわけには……」

「いいからいいから。ただ、結構量がありそうだけど、食べ切れ……」

「ますます！　このくらい、軽く食べ切れちゃいます！」

「そっか。じゃあ、その三つを頼んじゃうね。僕はコーヒーで、っと」

「あれ、パフェは頼まないんですか？」

「甘いもん、あんま得意じゃないんだよね。でも、カエデちゃんが食べるとこは見たい。健啖家《けんたんか》の女の子、好きなんだ」

好き、のひと言で下から顔を目がけて血液が集まってきた。非モテ女子だったカエデにとっては、リアルで聞くことがない言葉だからだ。オーダーを済ませて目の横に皺《しわ》を作った智也が、不本意だがとてもいい男に見えてくる。

「そうだ、これが今、僕が編集してる一押し作品のキービジュアル。本当は社外秘なんだけど、チラッとだけ見てもらおっかな」

智也がスマホをいじって画像を見せてきた。

中世の姫のような金髪の巻き髪に灼眼《しゃくがん》の美少女が、白いドレス姿で大きな日本刀を構えている。背景は地獄の血の池のような場所。かなりカオスな世界観の物語らしい。

「ヒロインが麗《うるわ》しくて色もキレイ。これだけで内容が想像できて面白そう。インパクトがありますね」

お世辞ではなくそう思った。

「そう言ってもらえるとうれしいな。実はさ、僕もイラストレーターだったんだ。漫画も齧《かじ》ってた。これは僕がラフを描いて、絵師さんに仕上げてもらったキービジュなんだよ」

「へえ、すごい！　漫画も描ける編集者さんなんですね」

「実は、編集に転向した今でも、広告イラストの仕事をやることがあるんだよね。広告案件は短期納品でギャラがいいから、会社は通さないでフリーでやってる」

「そうなんですね。わたしも知ってる広告があったりして」

「いやいや、小さな仕事ばっかかだよ。言うのも憚《はばか》られるくらいの細かい仕事。だけど、コードKのウェブトゥーンが軌道《きどう》に乗るまでは、広告のサイドビジネスはやめられないだろうな」

彼の話がどこまで真実なのか疑問だが、副業があるのなら、会社を発足したばかりで作品が発表されていなくても、金回りが良さそうな理由にはなる。かなり設定を練り込んでいる詐欺師なのかもしれない。

「智也さん、イラストをアップしてるSNSとかないんですか？　あるならもっと見てみたいです」

さり気なく個人情報を探ろうとしたのだが、「前はやってたんだけど、クソリプが多くなってアカウント消しちゃった」とのことだった。

「ところでカエデちゃんは、どんな漫画やアニメが好きなの？」

「あー、いっぱいありすぎて選べないんだけど、あえてアニメで言うなら、萌アニメの振りしたグロい魔法少女ものの……」

「わかった。テレビで深夜放送された伝説の神作『マユカゲート』だ。続編の映画が明日から公開されるんだよね」

「それ！　映画に備えてまた円盤リピートしちゃいました。ゲームもあって死ぬほどやり込みましたよ。敵の魔女たちの設定が、アニメ同様にハンパなく作り込まれてるんです。とはいえ、やっぱり面白さはテレビシリーズには敵わないけど」

「確かにあれは傑作だ。設定もシナリオも作画も、さらには音楽までもが奇跡のレベル。僕もめちゃハマったなあ。あれ、メインのヒロインが四人いるけど、カエデちゃんは誰推し？」

「わたしは王道かもしれないけどホノリン。マユカを救うために別の世界線への移動を繰り返して、たった独りで戦ってたホノリンの真実が明かされたときは、嗚咽《おえつ》が出るくらい号泣したなー」

「恥ずかしながら僕も泣いた。そういえばさ、あの子たちが最後まで勝てなかった魔女の集合体いるじゃん？」

「最強魔女オルフェ！」

「そうそう。あのオルフェって、コアになってるのが魔女化したホノリンじゃないかって説があるよね」

「はいはい、ファンの考察サイトで見ました。だけど、その場合はいろいろとストーリーに矛盾《むじゅん》が出てきますよね」

「僕なりに考察した結果、オルフェに関する意外な発見があってさ」

「え？　なんですか？　知りたい！」

などと熱く語り合っているうちに三つのパフェが届いたのだが、カエデは心酔《しんすい》していたアニメの話題に無我夢中で、じっくりと味わう余裕すら失っていた。とはいえ、冷たいジェラート系が溶けないうちに全部食べ切ったし、三つの味の比較も頭の片隅でやり遂げてはいたけれど。

あまりにも話に集中していたため、自分の斜め前方のテーブルにグルメ警部がいて、黙々とパフェを食べていたことにやっと気づいた。あれはカエデも食べた〝ハクチョウ〟だ。甘さ控えめでひと口ごとに味が変化していく様は、「まさに宝石でできたパフェの万華鏡《まんげきょう》！」と食レポしたくなるほどの美味しさだった。

ん？　張り込みなのに警部まで食べる必要あるの？

ふと素朴《そぼく》な疑問がよぎったが、パフェ専門店に入ったひとり客が食べないのは、むしろ不自然だよな、と思い直す。目の前の智也はほとんどコーヒーには手をつけずに、カエデが気づかなかったアニメの考察を披露《ひろう》し続けている。

「――なるほどー。さすが漫画の作り手さんですね。こんなに細かく分析して話してくれる人、智也さんが初めてです」

「いやいや、カエデちゃんこそエンタメの理解が凄《すさ》まじく深い。話してるのがマジ楽しいよ。食べっぷり見てるのも楽しいしね。ほかにも好きな作品あったら教えてよ」

「そうですねえ……」

いくつかのタイトルを挙げたら、そのすべてに智也は精通《せいつう》していた。

打てば大きく響いてくれる相手。好きなものを語り合える貴重な時間。いつしかカエデは、昔から親しいオタ仲間と一緒にいる感覚に陥《おちい》っていた。ふと店内時計を見ると、とっくに一時間がすぎている。

ヤバい、本来の目的を失念してた！

「すみません、そろそろ帰らないと。智也さん、どちらにお住まいなんですか？ひとり暮らし？　それとも実家？」

「世田谷線の松陰神社前《しょういんじんじゃまえ》。前はもっと遠かったんだけど、三茶から歩ける距離だし、いい感じのシェアハウスがあったから引っ越したんだ。さっきのコウキやカズも同じとこに住んでる。男専用のハウスで女っ気ゼロ、部屋でも仕事してることが多いから、出会いの場がホントなくなっちゃって。今日は久々にいい出会いがあってよかったよ。だから……」

そこで冷め切ったコーヒーを飲み、智也は真顔で言った。

「カエデちゃん、僕と付き合ってくれないかな？　話もすっげー合うし、なんか運命的なもん、感じちゃったんだよね」

また仲間たちと合流するという智也と別れて、大急ぎで駐車場に向かった。ミニクーパーの傍《かたわ》らでグルメ警部が腕を組んでいる。

◇

「ずいぶん楽しそうだったな。次は映画か」

「はい！　うまくいきました。会った日にいきなり付き合ってほしいなんて、やっぱり普通じゃないですよね。詐欺師ですよ！」

とりあえず友だちから、と答えたカエデに智也は「もちろんだよ。考えてくれていいから。でも、マユカゲートの続編映画は一緒に行きたいな」と誘いをかけてきた。願ったり叶ったりだと迷わず承諾したカエデだが、一緒に行ったら楽しそうだと思ったのも事実だった。

「中で話そう。自宅まで頼む」

「了解です」

後部座先に警部を乗せ、東京屈指の高級住宅街・田園調布《でんえんちょうふ》の方向に車を走らせる。

「コードKという会社のHPを見た。確かに三軒茶屋で代表者は女性。ウェブトゥーン界のトップを目指すとあった。登記もされている。だが、ＨＰに載っているのは代表名のみで、玉川智也の名前は見当たらない」

さすがは警部、パフェを食べていただけではなく、智也について調べてくれていたようだ。

「玉川智也と片山智也の名前でウェブサーチもしてみたが、何も引っかからなかった。仲間のふたりも同様だ。会社は住所だけで電話番号の記載はなし。問い合わせフォームがあるのみだ。電話で玉川智也を呼び出せば在籍確認など簡単にできるのだが、名刺も渡さなかったんだよな。実体のないバーチャルオフィスの可能性もあるし、こっちで調べてみるしかないいな」

「住まいは男性専用のシェアハウス。わざと交際した女性が入りにくい場所にしたのかな。シェアハウスなら引っ越しも楽だし、仲間と詐欺しながら転々としてるのかもしれません。だけど、ウェブトゥーンや漫画アニメにはめっちゃ詳しかったですね。元イラストレーターは本当かもです。絵師さんはペンネームで仕事するから、名前が引っかからなかったのかも。時計はロレックスだったし、お金には不自由してなさそうですね」

「バッタだ」

「バッタ？」

「偽物のロレックス。遠目にもわかるほどの安物だよ。クロムハーツ風のアクセサリーも偽物だったな。あれはシルバーじゃない。スチールをそれっぽく加工したものだ」

「そ、そうなんですか？」

「ああ。本人がラフを描いたイラストを君に見せたようだが、本当なのか確認のしようがない。漫画アニメに詳しいのは事実だろうが、元々好きだったからこそ、漫画編集者という偽の肩書にした可能性がある。相手をよろこばせる話術にも長《た》けているようだし、何から何まで胡散臭《うさんくさ》い男だ」

「……そっか。そうですよね」

なぜか、残念な気持ちがこみ上げてきた。

おとり捜査だと自覚して接していたけど、話しているうちにどんどん引き込まれた。交際を申し込まれたときは、純粋にうれしいという感情を、ほんの僅《わず》かだが覚えてしまった。彼が詐欺師でなければ、理想の相手に巡り会えたと思えたかもしれない。

――そう思わせるのが詐欺師の手口なんじゃない。浮かれるなんてアホすぎるぞ、わたし。

運転席の窓を少し開けて、夜風で頭を冷やすことにした。

「映画に行くのは明後日の日曜日だったな。それまでに智也の素性を調べ上げるのは厳しいだろうけど、また私が張り込みを続けるので安心してほしい。カエデは今日と同様にスマホを通話状態にして、レコーダーで会話の録音もしてくれ。それから……」

警部の厳しい視線を背に感じる。

「話を盛り上げるのは結構だが、智也に好意を寄せたりしないように。ターゲットに調子を合わせて、言葉巧みに距離を詰めようとするのが詐欺師なんだ。それを忘れるなよ」

「もちろんです。さっきだって、楽しい振りをしただけですから」

わざと強く言い返して、カエデはハンドルを握りしめたのだった。

田園調布の豪邸に到着し、グルメ警部を降ろしていると、裏の勝手口から白髪交じりの髪をアップにした高齢女性が歩いてきた。往年のドラマ『家政婦は見た！』の主演女優を彷彿とさせる、ふっくらとした笑顔の中に鋭い洞察力を秘めた人。久留米家に長く仕える、家政婦の秋元政恵《あきもとまさえ》だ。

「斗真さん、お帰りなさいませ。カエデさん、いつもご苦労様」

頭を下げた政恵に、警部がやさしく話しかけた。

「今夜は遅いんだね。いま帰り？」

「残業です。旦那様のお客様がいらしてたので。斗真さんもお仕事だったんですか？」

「まあ、仕事と言えば仕事だな。今日は想定外のことがいくつも起きたから疲れたよ」

「それは大変でしたねえ。戻ってお夜食の用意でもしましょうか？」

「いや、食事は済ませてきた。いつもすまない。たまには家で政恵さんの夕飯が食べたいんだけどね」

「連絡してくだされればご用意しますよ。斗真さんの好みはきっちり把握《はあく》してますから」

とか言いながらも、警部は家で夕食をとりたがらないと政恵も承知している。両親との仲が冷え切っているからだ。

「うん、そうするよ。じゃあ、明日もよろしく」

「おやすみなさいませ」

「カエデも気をつけて。明後日は渋谷《しぶや》だな」

「はい。よろしくお願いします」

警部が門の中に消えた途端、政恵はカエデにすり寄ってきた。

「明後日は渋谷って、日曜日なのに休日出勤なの？」

「ちょっと個人的な捜査があるんです。わたしも警部に同行します」

助手として秘匿《ひとく》義務も課せられているので、曖昧《あいまい》な言い方に留めておく。

「そう。最近、アリスさんは見かける？」

「たまに。警部も気づいてると思いますよ。おくびにも出さないけど」

柴咲《しばさき》アリスは独身のブティック経営者で、グルメ警部の実母。子どもを欲しがらなかった戸籍上の母・絹子の代理母として、大金と引き換えに孝蔵の子種を人工授精し、海外で出産した日本人とアメリカ人のハーフ女性だ。

かつては久留米家の乳母として幼少期の警部を育てていたのだが、警部が八歳くらいの頃、可愛さのあまり息子の誘拐未遂事件を犯してしまった。以来、警部に近づいたら悪質なストーカーとして罰せられ、莫大な違約金を支払う契約を孝蔵たちからさせられてしまったという。

だが、アリスは警察官となった息子が、事件に巻き込まれて怪我などしないか心配だった。息子は自分と同じRhマイナスのAB型。輸血で苦労する希少な血液型だったからだ。そのためもあって、「大人になったら献血を欠かさないように」と警部に言い含めていたらしい。

そんなアリスは、どうしても成長した警部の姿を見たいと、彼の食事先にこっそり現れることがあった。もちろん同席などしないし、言葉も交わさず視線すら合わさないが、正々堂々と逢えない実母と息子の貴重なひととき。そのセッティングをしているのが、アリスに同情した政恵だった。

「アリスさん、盲腸《もうちょう》の手術をしてから外出を控えてたみたいだけど、最近はすっかり元気になったみたい。だから、斗真さんがどこで夕食をされるのか、これからもわかる限り教えてね。なるべくアリスさんに逢わせてあげたいから」

「了解です。わたしもアリスさんのお役に立ちたいので」

カエデはグルメ警部の食事に同行することが多いため、行き先がわかると政恵にメールで報告していた。もちろん、警部には内緒の行為だったが、彼はとっくに把握しているはずだ。カエデと政恵が連携して、実母アリスを自分の元に誘《いざな》っていると。何も言わないけど、名探偵ばりの推理力を持つ彼が気づかないわけがない。

「よろしくお願いね。じゃあ、お疲れ様」

「政恵さん、ご自宅まで送りますよ。新丸子《しんまるこ》ですよね？　ここからすぐだし、乗ってってください」

「あらそう？　悪いわね。最近、足が痛くてねえ。じゃあ、お願いしようかしら」

「どうぞどうぞ」

カエデは政恵を神奈川県の新丸子町にある自宅マンションまで送り、つい思い出しそうになる智也の顔を振り払って帰路についた。

◈

日曜日の午後。カエデは車ではなく電車で渋谷の映画館へ行った。

先に待っていた智也が、爽やかな笑顔を向ける。服装はボーダーTシャツにコットンパンツ、オレンジ色のオシャレなスニーカー。相変わらず存在感を放っている偽のロレックスが、物悲しく見えてしまう。

「また会えてうれしいよ。今日のブラウスとスキニーパンツもカワイイね」

「ありがとうございます。このあいだはご馳走《ちそう》になっちゃってすみませんでした。今日の映画、めちゃめちゃ楽しみです」

「もう発券してあるよ。飲み物とポップコーン、それからパンフレットも買って入ろう。ポップコーンは塩とキャラメルどっちがいい？」

「んー、どっちもいいな」

「じゃあ、ハーフ&ハーフにしよう。映画のあとは食事の予約もしてあるんだ。カエデちゃんがたくさん食べるところ、また見たいな」

絶対に乗せられたりするもんか！　と固く誓っていたのに、自然に頰が緩んできてしまう。いわゆるデートというものへの免疫《めんえき》が、あまりにもないことが要因だろう。

映画館の中に入って席に座ると、智也はパンフレットを開いて楽しそうにアニメについて雑談を始めた。カエデが話に夢中になりそうな自分を制御して入り口を見ていたら、トムフォードのサングラスに黒マスクをしたグルメ警部が、ポップコーンとコーラのトレイを手に入ってきた。

高級感のある青いサマーニットに、脚の長さが際立つスリムジーンズ、革のスニーカー。今日もダニエル版ボンドを意識しているような気がしてならない。警部はカエデたちの席を横切り、後方に向かっていく。

まさか、映画館の中まで張り込みに来るとは思わなかったなあ。ポップコーンまで買って観客の振りをしてるんだ。アニメになんて興味ないだろうに、なんだか申し訳ないな……。

「あの、智也さん。今夜の食事って渋谷のお店ですか？」

「そうだけど、なんで？」

「えっと、お昼食べてないからお腹が空きそうで、近場だといいなと思って」

「ポップコーンって意外と足しになんないもんね。今夜は公園通りのほうにある『しゃぶ松《まつ》』って店を予約した。しゃぶしゃぶ専門店で食べ放題コースもあるんだ。ここから歩いてすぐの店だよ」

「うれしい！　しゃぶしゃぶなんて久しぶりです。『しゃぶ松』か。楽しみだなー」と、会話を聞いているはずのグルメ警部に店名を知らせる。彼もその店で食事をしながら張り込みをするに決まっているからだ。

「そろそろ電源切っておかないとですね。お手洗いにも行っておきます」

トイレの洗面所でLINEを開き、家政婦の政恵にも『しゃぶ松』の店名と到着予定時間をメールで伝えてから電源を切った。

やがて、待ちに待ったアニメの続編が始まり、瞬《まばた》きも忘れて大スクリーンに描かれる物語に没頭《ぼっとう》した。

エンドロールが終わり劇場内が明るくなったあとも、カエデはしばらく席から立てずにいた。タオル地のハンカチが絞《しぼ》れるくらい、涙を吸い取っている。

「……うう、ずみません。もう少しだけ……」

「大丈夫。僕も感慨に浸《ひた》ってるから。いやー、凄まじいほどの傑作だったね。このままリピートしたい。最初から観直《みなお》したいよ」

「ですです。もう一回観たい。まさかあんな展開になるなんて……」

映画ならではの細やかでダイナミックな作画、前作の続きでありながら二転三転する予測不可能なストーリー、大音響で楽しむに相応《ふさわ》しいサウンド、各キャラクターの見せ場たっぷりのファンサービス、ベテラン声優陣による迫真の演技。丁寧に張られた伏線を一気に回収していくクライマックスの感動たるや、もう、ハンドタオル一枚では足りないほどだ。

「背景の作り込みがすごかった。数秒の作画に入った情報量が多すぎて、何度も観ないと考察できないな」

「そうなんです。アレナニ？　って思うものが考える間もなくどんどん出てくるから整理できない。だけど、感覚に訴えてくるものがあるから心が動きっぱなしで、涙が止まらないんです」

「わかるよ。オリジナルアニメの続編って、無理にエピソードを作って失速するパターンも多いんだけど、これは完璧に近い。制作に関わった人たちが羨《うらや》ましいよ。悔しさとリスペクトで僕も泣きそうだ」

智也も本気で感動していることが伝わってきて、自然に共感の念が込み上げてくる。

――あっという間に大入りだった観客が消え、ふたりだけが残された。グルメ警部の姿も見当たらない。

「お待たせしちゃってごめんなさい。お手洗いで顔洗ってきます」

「僕も。入り口で待ってるね」

行列のできている洗面所でスマホの電源を入れ、警部に電話をした。

「もしもし、これから『しゃぶ松』に行きます。このまま通話中にしておきますね」

『わかった、私も店に向かう。それから再度の確認だ。もし、結婚や借金の申し込みなど重要な要求をされたら、その場で返事をせずに考えると答えてくれ。いいな』

「了解です。そうだ、トイレのときなんかは一旦切ってまたかけますから」

スマホをポケットに入れて、涙で溶け落ちてしまったメイクを軽く直し、ロングヘアを整えてから智也の元へと急いだ。

◈

予約してあった『しゃぶ松』は、公園通り沿いにあるビルの地下にある、和の雰囲気漂う店だった。

各席は簾《すだれ》で区切られており、店内のいたるところに生け花が飾られ、割烹着姿《かっぽうぎ》の女性店員が行き交っている。食べ放題のメニューを見ると、それなりの値段がする。コスパ重視の大衆店よりランクが高そうだ。

「ステキなお店。すごい映画を観たあとにこんなお店に連れてきていただいて、今日はありがとうございます」

「いやいや、あの続編はカエデちゃんと観て正解だった。お互いに言いたいことがあるはずだよね。ゆっくり語り合おう。えーっと、食事のメニューは……、この〝特選和牛と薩摩《さつま》黒豚の食べ放題コース〟でいいかな？　二時間制だけど」

ひゃー、特選和牛と薩摩黒豚、二時間の食べ放題！　どうしよう、遠慮しないでイッちゃってもいいかな？　いいよね！　今日のスキニーパンツは収縮性があるしブラウスで隠されてるから、お腹が膨れても大丈夫。よっしゃ、大食い娘の本領発揮だ！

はしゃぐ気持ちを押し隠して、「はい、お願いします」と微笑む。

「飲み物はどうしよっか。僕はまず生ビールかな。カエデちゃんは？　少しくらい飲んでみる？」

「でもお酒は……」

「今日は車じゃないんでしょ？　ビールをジンジャーエールで割ったカクテルなんてどう？　シャンディーガフって言うんだけど、ビールを少なめにしてもらったら飲みやすいよ」

以前はまったく受け付けなかったアルコールだが、実はほんの少しくらいは飲めるようになっていた。あくまでも少しだけ。

「……じゃあ、それを飲んでみます」

「OK。頼んじゃうね。すみませーん」

智也がオーダーしているあいだに、またトイレに行く振りをして店内を見回す。

黒いマスクをしたグルメ警部が、カエデたちが視界に入る角の席に座って文庫本を読んでいる。そして、その警部の姿が見える席に、大きなツバつきの帽子を目深《まぶか》に被った女性がいる。ひとりで佇むほっそりとした彼女の姿には、見覚えがあった。

——アリスさんだ！　きっと政恵さんからこの店に警部が行くと聞いて、息子の姿を見にきたんだ。政恵さんにメールしておいてよかった……。

おとり捜査で容疑者と来ている警部。それを張り込むグルメ警部。警部を密《ひそ》かに見ている実母アリス。なんだかややこしい相関図だが、カエデは映画鑑賞後の興奮と相まって、任務を忘れそうになるほどの多幸感を味わっていた。

「——じゃあ、まずは乾杯しよっか。素晴らしいアニメ映画を、カエデちゃんと一緒に観られた幸運に乾杯！」

「かんぱーい！」

シャンディーガフをひと口飲む。

「わ、美味しい。これなら全然飲めそうです」

「でしょ。だけどアルコールだから飲みすぎないようにね。水ももらっておいたから、ゆっくり飲んで」

「……智也さん、やさしいんですね。ちょっと感動」

「好きになった人にはやさしいよ。とことん尽くしちゃうと思う」

なんと返せばいいのかわからず、シャンディーガフをグイッと飲んでしまった。ドキンドキンと胸が高鳴ってくる。早くも酔ってきたのか、それとも別の理由なのか判断できない。

すぐにひとり用の鍋が二人前運ばれ、それぞれの卓上コンロにセットされる。すでに温まっている黄金色の出汁《だし》からは、鰹節《かつおぶし》や昆布《こんぶ》などのいい香りが漂っている。大きな木箱に彩りよく盛られた野菜は、白菜、長葱《ながねぎ》、水菜、赤カブ、南瓜《かぼちゃ》、数種類の珍しいキノコなど、どれも新鮮そのもの。葛《くず》切《き》りもきっちり添えられて、鍋気分を盛り上げてくれる。

主役の肉たちも四つの木箱に美しく盛られてやってきた。

「こちら、特選和牛の霜降りロースと赤身ロース。それから、薩摩黒豚のロースとバラでございます。ソースは三種類をご用意しました。生搾《なましぼ》りポン酢、特製胡麻《ごま》ダレ、アンチョビソース。薬味もいろいろとございますので、お好きなように召し上がってください。お肉も野菜もお代わり自由です。遠慮なくお申し付けください。お食事は、白米とお味噌汁か冷たい稲庭《いなにわ》うどん、どちらかをお選びください。では、ごゆっくりどうぞ」

年配の女性店員が立ち去り、カエデの視線は肉に釘付《くぎづ》けとなる。

「カエデちゃん、好きなだけ食べてよ」

「じゃあ、遠慮なくいただきますね」

まずは、和牛の赤身ロースを出汁に投入し、いくつかの野菜も一緒に入れておく。火が通り切らないうちに肉を取り出し、薬味の刻み葱を入れたポン酢に浸して口に入れる。

「柔らかい！　あっさりしてるけどお肉の香りが強くて、食べ応えがあります。ポン酢のフレッシュな柑橘《かんきつ》の酸味が、いい感じでお肉と調和してますね。このポン酢、霜降りにはもっと合うかも」

サシのびっしり入った霜降りを出汁で湯がき、ピンク色になったのを見計らってポン酢で食べる。噛むと良質の脂が溢れ出し、洪水のごとく喉から奥へと落ちていく。酸味をまとった極上の旨《うま》みは、魔法のようにほんの一瞬でとろけ去った。

「……ああ、美味しい。お箸が止まらなくなっちゃう」

「幸せそうに食べるその顔もカワイイなあ。じゃあ、僕も」

手を動かした智也は、ポン酢に七味唐辛子を、胡麻ダレにはラー油を大量に入れた。さらに、アンチョビソースにはタバスコを驚くほど振り入れている。

えー？　そんなに辛くしたら、お肉の味がわからなくなっちゃうよ？

「智也さん、本当に激辛好きなんですね」

「うん。唐辛子のカプサイシンには、脂肪燃焼や老廃物排出の効果があるからね。僕、太りやすい体質だから、食事には必ずカプサイシンを取り入れてるんだ。もうクセになってて」

智也は薩摩豚のロースにしっかり火を通し、ラー油で真っ赤になった胡麻ダレをたっぷりつけて食べた。

「うん、いい味だ。……って言っても、肉の細かい味の差なんてよくわかんないんだけどね。辛みが強烈だから」

にこやかにジョッキのビールを飲む智也。カエデは若干の残念さを覚えた。素材の良さを大量の辛みで消してしまうなんてもったいない。きっと今頃グルメ警部は、「美食に反する愚弄《ぐろう》だ」と憤慨しているだろう。

「ん？　どうしたの？　食べ放題なんだからガンガンいってよ」

「ですね。アンチョビソースは野菜に合いそう」

案の定、バーニャカウダのソースに似たそれは、本来ならば和食として食される温野菜をイタリアン風に変えてくれる。

カエデは食べ方のルーティンを決めた。和牛はポン酢、薩摩豚は胡麻ダレ、野菜はアンチョビソース。むろん、辛みは抜きだ。三つの味変を繰り返していると、飽きることなく食べ続けられる。

「すみません、お肉四種類と野菜の追加をお願いします」

通りかかった店員に、おずおずと注文する。

「あと、ビールのお代わりも。カエデちゃん、シャンディーガフ飲む？」

「いえ、ウーロン茶をお願いします」

なにしろ、炭酸を飲むと胃が膨れる気がして、料理が入らなくなってしまうのだ。それに、すでにほろ酔い状態でテンションがマックスになっている。

「それにしても、今日の映画はすごかったです。オープニングの美しいのに不穏なオペラのシーンから、一気に持ってかれましたよね」

「あのマペットのようなオペラ歌手たち、中指の爪に黒いネイルをした巨大な手が操ってたけど、その爪が後半になって誰の手だったのかわかるようになってたよね。オペラの演目が『椿姫《つばきひめ》』だったのも、ちゃんと伏線になってて感服したよ」

「爪のことなんて気づかなかった！　そっか、『椿姫』にはちゃんと意味があったんですね。さすが智也さん、見逃さないですねぇ」

「やることがホント細かいよ。ファンの考察隊が張り切っちゃうようにわざと遊びを入れる。最高だよね」

「ですよね！　円盤でポーズかけながら観たら絶対面白そう」

「よかったら、カエデちゃんと一緒に観たいな。どっかの部屋で」

不意打ちが来たので肉が喉に詰まりそうになった。ウーロン茶でどうにか流し込む。

「……でも、智也さんは男性専用のシェアハウスなんですよね。皆さん、女性を連れてきたりするんですか？」

「んー、彼女は入れないヤツが大半だなあ。なんか遠慮しちゃうみたいで。カエデちゃんはご両親と住んでるんだっけ？」

「いえ、父は亡くなって母とふたり暮らしです」

「そっか。お母さんはお仕事してるの？」

「地方公務員。めっちゃお金にシビアで毎月家賃入れてます。滞納したら延滞金取られちゃうんです」

その母親が神奈川県警の生活安全課にいる警部補だとは、口が裂けても言えない。きっと警戒されてしまう。深掘りされる前に話題を変えよう。

「すみません、またお肉のお代わりしてもいいですか？」

「もちろん。僕に遠慮しないで追加しちゃっていいよ」

「ありがとうございます！」

それからカエデは、無我夢中で美味な肉を頬張り、智也とアニメ話に興じ、至福の時間をすごした。途中で先に白米を頼み、味覚に大きな変化を与えてからまた肉を注文したときは、智也に驚愕《きょうがく》された。

「ご飯ものって締めのイメージだったけど、味変のために食べるって発想もあったんだね。スゲーなあ。もうタイムアップが迫ってるから、イケるだけ追加しちゃいなよ。僕がオーダーするから」

「じゃあ、四種のお肉を二箱ずつお願いします」

すでに途中からは、カエデだけがせっせと肉を食べていた。もう何箱食らったのか覚えていないが、店員から「ここの最高記録かもしれません」と苦笑いされたので、相当な量を胃に収めたことは間違いない。

「いやー、こんなに面白くて居心地のいい女の子は初めてだ。前のとは大違い……あ、ごめん」

口ごもった智也に、すかさず質問をした。

「前って、前の彼女さんのことですか？　私、智也さんのこともっと知りたいです。どんな人だったのか教えてもらえませんか？」

　その元カノとはゆず子かもしれない。情報入手のチャンスだ。

「……いい子だったよ。しっかり者で結婚も考えてた。だけど、彼女は僕と違って大きな会社に勤めるＯＬでさ。フリーランスなんだからもっと稼いでくれないとって、プレッシャーがすごかったんだ。僕だってそれなりに稼いでたし、将来の夢もあったんだけどね。だんだん彼女と話すのがしんどくなって、こっちの仕事も忙しくなって会う回数が減ってしまった。そしたらゆず……じゃなくてその子、ガンガン電話をかけてきて、うちの前でも待ち伏せするようになっちゃったんだ。毎晩のようにね」

「そんな、待ち伏せって……」

「要はストーカー気質だったんだよ。それで、別れてケータイ番号も変えて、引っ越すことにしたんだ。だけど感謝はしてる。仕事の応援もしてくれたしね。幸せになってほしいって、今は思ってるよ」

　神妙に語る智也が、嘘をついているようには見えなかった。ゆず、と言いかけたし、やはり相手はゆず子だったのだ。この話を信じるのなら、智也には結婚する意志があったのに、考え方の相違で別れたことになる。だとすれば結婚詐欺には該当しない。しかし、ここには肝心な情報が抜けている。彼女からの借金を踏み倒したことだ。

「仕事の応援って、彼女さんはどんな風に応援してくれたんですか？」

「それは……まあ、いろいろだな。精神面でも世話になったし、金銭面で援助してくれたことも何度かあった。だから、彼女だけが悪いんじゃない。僕だって至らなかったんだよ。だからこそ、次に誰かと付き合うときは、もっとちゃんとしたいんだ」

カエデは激しく混乱していた。ゆず子からと智也から聞く話が、かなり食い違っているからだ。ゆず子からすると、結婚の約束をしたのに借金をしたまま姿をくらました詐欺師。一方の智也から見ると、口うるさくて引っ越しを余儀なくされたほどしつこいストーカー女。

一体、どっちの話が本当なの……？

「……ねえ、カエデちゃん」

「はい？」

「急かすようで悪いんだけどさ、このあいだの返事、聞かせてくれないかな？　僕と付き合ってほしい。できれば結婚前提で。ずっと君と一緒にいたいんだ」

来た。まさかの結婚前提交際。どうしよう、なんて答えよう。詐欺師かもしれない相手なのに、人を騙すような男には見えなくなってしまった。むしろ、やさしくて気遣いのできる人。趣味も合うし話していて刺激にもなる。結婚を考えるのは早すぎだけど、こんな人が交際相手だったら、きっと楽しいだろうな。でも……。

フルスピードで思考をまとめてから、おもむろに口を開く。

「お答えする前に、ひとつだけお願いを聞いてもらえませんか?」

「お願い?」

「はい。わたし、智也さんのウェブトゥーンにすっごく興味があるんです。どんな風に作品が生まれるのか、作業現場を見学させてもらえませんか? ほんの少しだけでいいんです。ほかのスタッフさんもいるでしょうから、皆さんが帰られたあととか。図々しいお願いでごめんなさい。でも、今日のアニメ映画を観て、クリエイティブが生まれる場所を体感したいって、純粋に思っちゃったんです。……駄目でしょうか?」

この返事次第で、智也が仕事面で嘘をついているのか、ある程度はわかりそうだ。ひとつの嘘は複数の嘘に繋がる。その逆もしかりだ。さあ、どう出る?

しばらく躊躇したあと、智也は「わかった」と答えた。

「みんな夜七時くらいには帰る。そのあとでもよかったら、僕が事務所に招いて大まかな制作過程を説明するよ」

「……本当に？　いいんですか？」

「いいよ。まだ小さい事務所だけど、コーヒーくらいはご馳走できる。早速だけど、明日の夜とかどう？　実は、家でもできる仕事だからあんま出社してないんだけど、明日は行く用事があるんだ。代表も丁度休みだから都合いいかも」

「行きます！　うれしいです！」

本気でうれしかった。事務所で仕事が見られるなら、彼は嘘をついていないことになる。ゆず子による冤罪《えんざい》の可能性が出てきたのだ。

「だったら、夜七時半に三茶のキャロットタワーの前に来てくれるかな？　ちょっと入り組んだ道にあるビルなんで、そこまで迎えにいくよ」

「わかりました。わー、また楽しみができちゃった。あ、ちょっと待っててくださいね。お手洗いに行ってきます」

トイレに直行したカエデはスマホを取り出し、しばらく見つめた。グルメ警部はひたすらカエデたちの会話を聞いているだろう。

（――もし、結婚や借金の申し込みなど需要な要求をされたら、その場で返事をせ

ずに考えると答えてくれ）

警部の言葉が脳裏《のうり》を駆け巡ったが、思い切ってスマホの電源を切った。

すみません警部。あとでちゃんと説明します！

急いで席に戻り、智也の前で目を伏せた。

「えっと、さっきのお返事をしますね」

きっと今の自分は、耳まで赤くなっているはずだ。

「うん」

「……わ、わたしも智也さんと、これからも一緒にいたいです。ぜひ、結婚前提でお付き合いさせてください。よろしくお願いします」

ペコリとお辞儀をしたカエデは、智也の感極《かんきわ》まったような「ありがとう！」を耳にし、これでよかったんだと自分に言い聞かせた。

店を出る前に、割り勘にしてほしいと何度も頼んだら、智也は折れてカエデから万札を受け取った。「実は、ちょっとだけ気張ってた。助かるよ」と微笑む彼が、無性に好ましく感じてしまった。

「カエデちゃん……」

外に出た途端、いきなり抱き寄せられた。

な、ナニ？　何が起きたの？

反射的に襟首《えりくび》を摑みそうになり、これは柔道ではないのだと思い直してから、両手で彼の胸をそっと押さえる。

「ちょっと待ってください」

リアルな三次元の男性にこんなことをされるなんて、人生初の大事件だ。

耳から心臓が飛び出てきそうなくらい、鼓動《こどう》が大きく激しくなっている。

「ごめん。カエデちゃんがかわいくて、つい……」

「いえ、あの……突然だったから驚いちゃって」

「ホントごめんね。ちょっと酔っちゃったかなー。さっきの返事がうれしくてさ」

白い歯を覗《のぞ》かせる智也の腕から逃れたカエデは、一気に熱くなってしまった心と身体を、どうにかして冷やそうと努力した。

◈

「本当に申し訳ないです、勝手に承諾しちゃって。トイレに行ったとき、電源切ってから入れ忘れちゃって……」

もう一軒行こうと言う智也の誘いを断り、渋谷のハチ公前でグルメ警部と合流したカエデは、先ほどから必死で謝っていた。

「言い訳はもういい。結婚前提で交際することに決めたんだろ。つまりカエデは、自己判断で重大な選択をしたんだ。どんな結果になっても後悔しないようにな」

いつもながらのポーカーフェイスだが、厳しい口調に怒りが滲《にじ》んでいる。

「承知してます。だけど、智也とゆず子さんとの言い分に違いがあるのがわかって、気になって仕方がないんです。だから智也が本当にウェブトゥーンの編集者なのか確かめたかった。明日の夜、事務所を案内してくれることになりました。そこで智也が事実を述べてたと判明したら、ゆず子さんの話が怪しくなってきます。あっちがわたしのお願いを承諾したので、こっちもつい承諾してしまって……」

「智也の素性については、小林が洗ってくれている。その結果を待ってから次の手を考えたかったのだが、もう待つまでもないな。明日は君ひとりで行ってきてくれ。会社に案内するというのだから、仕事に関しては本当なのかもしれない。でも、会話の録音は忘れないように」

「明日はひとりで行くんですね……」

突き放されたような気分になり、声に悲壮感《ひそうかん》が滲んでしまった。

「私はゆず子さんのほうも調べてみる。あとでお互いの情報をすり合わせて、今後の対策を練ろう。では、また明日」

くるりと背を向けて、警部はタクシー乗り場のほうへ歩き去った。追いかけたくなる気持ちをどうにかこらえて、カエデも電車で帰路についた。

車内の窓に映る、珍しくブローしていったサラサラの髪が、今日のために女を意識していたように思えて掻《か》きむしりたくなる。しかも……。

智也に抱き寄せられた感覚が、しっかり残ったまま消えてくれない。

——わたし、本当におとり捜査として交際を受け入れたのかな？　それとも、彼を本気で信じてしまったの……？

自問自答を繰り返しても、明確な答えは出てきそうになかった。

◈

翌朝。田園調布の邸宅から警視庁まで送った際のグルメ警部は、終始無言で膝の上のノートパソコンをいじるばかり。カエデも話しかけづらく、小さく流れるＦＭラジオだけが救いだった。

「今日は寄るところがあるから迎えは結構だ。カエデは彼氏の仕事場に行くまで自由にしてくれ。あ、今日はクリーム色のスーツなんだな。それで彼氏と会うといい。クリーム色は顔色が良く見えるから。じゃあ、気をつけて」

それだけ告げてから、警部は車を降りていった。

彼氏なんて言い方しなくてもいいのに。スーツの色のアドバイスも、なんか嫌みっぽかったし。警部、まだ怒ってるのかな。

しょげそうになる自分を奮い立たせて、カエデは一旦自宅に戻り、読書やソーシャルゲームで時間を潰《つぶ》しながら夜を待った。

七時半に合わせて電車に乗り、三軒茶屋の待ち合わせ場所へ向かう。少し遅れてから、智也が手を振りながら駆け寄ってきた。

……ほんの少しだけ、胸がときめいてしまった。

「お待たせ。やっと人払いができたよ。今なら誰もいないから、ゆっくり案内できる。いこっか」

「はい。ありがとうございます」

警部よりずっと背の低い智也とキャロットタワーから道路を渡り、昭和の雰囲気が残る一角を通って、さらに奥へと進んでいく。ごちゃごちゃとした狭い路地裏だけど、冒険心がかき立てられて楽しく感じてしまう。

「カエデちゃんはいい奥さんになりそうだよね。飾り気がなくて自立してて、しっかり者だ。僕の仕事も理解してくれるだろうしね」

「そんな、買いかぶりすぎですよ」

否定しながらも、頬は緩みっぱなしだった。

「いや、マジでそう思うよ。このあいだは西新宿のシーフードレストランに行って正解だった。実はさ、シーフードにもしゃぶしゃぶにもあんま興味なかったんだよね。食べること自体に執着がないってゆーか。だけど、たまにレストランに行くのも悪くないなって思えた。カエデちゃんのお陰だよ。とは言っても、毎日カップ麺に唐辛子ぶっかけて食べるだけでへーキだから、いつか結婚しても『メシ作って待ってろ』みたいな時代錯誤なことは、絶対に言わないからね」

晴れ渡っていた心の空に、小さな黒い影が差し込んできた。

饒舌《じょうぜつ》な智也の、食事に対する興味の低さが引っかかったのだ。

わたしとは違いすぎる。できるだけ美味しいものが食べたいし、結婚相手がいたら美味しい料理を作ってあげたい。だけど、この人に料理を作ったとしても、いきなり唐辛子やらタバスコやらをかけられてしまうんだろうな……。

「じゃあ、普段の食事はインスタントが多いんですか」

「うん。安売り店でいろいろ買い込んでる。今、ちょっとした事情で金欠になりかけてて、それを乗り越えるまでは贅沢《ぜいたく》できないし」

「……金欠？」

心臓が飛び跳ねそうになった。

この会話の流れは、借金の申し込みへの前振りなのでは？

やっぱりこの男、結婚詐欺師だったのか？

「ああ、変なこと口走ってゴメン。カエデちゃんには迷惑かけないよ。デート代は別だから。それに、クライアントから来月ちゃんとギャラが振り込まれれば、なんの問題もないしね」

ちょっと待って！　じゃあ、ちゃんと振り込まれなかったらどうなるの？　どこからか借りるしかなくなるんじゃない？

カエデが叫びそうになったそのとき、「――着いた。ここの二階なんだ」と、古びた三階建てビルの入り口で智也が立ち止まった。

「建物自体はちょっと古いけど、オフィスはリノベーションされてるから。階段しかないんだけどいい？」

「もちろん。運動不足だから丁度いいです」

急速に立ち込めたドス黒い疑念を隠しながら、智也のあとをついて階段を上っていく。

お世辞にもキレイな階段ではない。壁中に染みやひび割れが見受けられ、グラフィティっぽい落書きもいくつかある。どこからかクラブ系の重低音も聞こえてくる。

……このビル、なんか変じゃない？　二階が本当にオフィスなのか、怪しさ満点になってきた。この人がガチの結婚詐欺師で、何か良からぬことを考えてたらどうしよう。なんだか、ものすごく嫌な予感がする。引き返したほうがいいかな……。

「あっ！」

先に二階の踊り場に着いた智也が、突如《とつじょ》大声を発した。

「お前、ここで何してんだよ！」

何事かと踊り場の奥を見たら、ロングヘアの女性が仁王立ちをしている。

「やっと見つけた。片山智也。じゃなくて、今は玉川智也だっけ」

なんと、そこにいたのは、そもそもの発端《ほったん》になったゆず子だった。

や、ヤバい。ここでゆず子さんと遭遇したら、わたしが警察官の助手だって智也にバレてしまう。嫌な予感が別の形で的中しちゃったよ！

カエデはバッグに入れてあったマスクを素早くつけて、踊り場の下で息を押し殺した。

「何回か来て張ってたんだからね。鍵が開いてたから中も見せてもらった。意外にちゃんとした事務所じゃん。会社を立ち上げるって言ってたの、ホントだったんだ」

ゆず子の言葉で、二階が本当にオフィスだったことは確認できたが、カエデはその場から動けずにいる。

「なんでここがわかったんだ？　苗字を変えたことも。もしかして、別れてからずっとストーカーしてたのか？」

「んなわけないじゃない。私、そんなに暇じゃないし」

「じゃあどうして……？」

きっとわたしのせいだ。わたしが智也の今の苗字と会社名をゆず子さんに話したから、彼女はネットで検索してここの住所を突き止めて、乗り込んできたんだ。

ますますふたりに合わす顔がなくなり、カエデはとっさに逃げの態勢を取ったのだが……。

「そんなことどーでもいいでしょ」と、ゆず子が受け流してくれた。

「ねえ、なんで苗字変えたのよ。私の借金から逃げるため？」

「違う。両親が離婚したから、母方の苗字に変えただけ。浮気もんでギャンブル好きだったクソ親父の苗字は、元々名乗りたくなかったんだよ」

「ふーん。それが本当だかわかんないけど、もうどーでもいいわ。んなことより、さっさとお金返しなさいよ！　三百万。ほら、手書きの借用書だってあるんだから」

「三百万？　そんなの無理に決まってんだろ！」

「はあ？　あんた、結婚詐欺で捕まりたいの？」

「よく見ろ。借用書に書いてある。『一年以内に返済する。仕事が成功したら三倍にして返す』って。まだ会社を立ち上げたばっかで、成功には時間がかかるんだよ。ってゆーか、百万貸してあげるって言い出したのはそっちだろ！　だから当てにしたのに、『その代わり三倍にして返して』って後出しジャンケンしやがって。そんな法定外の利息、最初から払うつもりねーから」

「あっそー。だったら百万だけでも返してよ」

「返したよ、昨日」

「……え？」

「確認してみろよ。お前の銀行口座に百万振り込んである。お陰でこっちは金欠だよ」

ゆず子はスマホを取り出し、猛スピードでいじり始めた。ネット口座を見ているのだろう。

「——ホントだ。バックレるつもりだと思ってた」

「そう思ったこともあったけど、過去に怨恨《えんこん》を残すと先に進めないからな」

「もしかして、新しい女ができたんじゃない？　それで急にまともぶっちゃってるとか？」

「なんだよその言い方」

「だって、前は女に貢《みつ》がせてヘーキなクズだったじゃん。酔っぱらうと本性丸出しで凶暴化するクズ男。私だって最初は騙されたからね。やさしくて気が利くいい男だって。ほとんど詐欺師だよ」

「こっちが詐欺師だったら、そっちはマウント取りたがりのストーカー女だろ！　あー、これでお前とは永遠におさらばだ。その節は貸していただき、あざっす」

「ムカつく！　このモラハラＤＶ野郎。カプサイシン信者のナルシスト！」

「なんだとぉっ！」

智也が雄叫《おたけ》びを上げ、ドンッ、と壁を叩いた音がした。

ウソでしょ。最低最悪の壁ドンだ……。

カエデの心が、瞬間冷却装置のごとく急速に冷めていく。

「ほらね。怒るとすぐに手が出る。一生直らないんだってさ、そーゆう癖。次に犠《ぎ》牲《せい》になる女がカワイソーだわ。じゃあね」

ゆず子が階段を駆け下りてきた。カエデには目もくれずに。

――セーフ。バレずに済んだ。

マスクを速攻で外すと、階段を見下ろした智也が、ハッとした表情でこちらを凝視《ぎょうし》した。

「あ、あの、なんか変な展開になっちゃってゴメン。元カノがいきなり現れて、つい言い合いになっちゃって。あいつ、人の怒りを煽《あお》るのが得意なんだ。いつもの僕じゃなかった。ホント悪かったよ」

「大丈夫です」

「よかった。やっぱカエデちゃんはやさしいな。じゃあ事務所に……」

「いいえ、もう結構です。わたし、乱暴な言葉遣いする人、超苦手なんですよ。怒りで暴力的になる人も。ついでに言っちゃうと、料理をちゃんと味わわないで辛い調味料をかけまくる人も苦手。なので、申し訳ないんですけど交際はキャンセルさせてください。わたしなんかに声をかけてくれて、ありがとうございました。失礼します」

「ち、ちょっと待って！　カエデちゃん！」

腕を掴まれたので、柔道の技をかけて捻《ひね》り返す。

「イデッ！　イデデデ」

「こう見えてもわたし、黒帯持ちなんです。しつこくしたら投げ技かけますよ。じゃ、さようなら」

茫然と立ち尽くす智也を置いて階段をダッシュで下り、三茶の駅を目指して疾走した。

結婚詐欺師じゃなかったけど、まさかのＤＶ男。誰だって付き合い始めの頃は良い面しか見せないんだ。本性がわかってよかった。わたしと警部に都合のいいことしか言わなかったゆず子さんも、どうかと思うけど。

あ、でも……。

カエデはふと、往来で立ち止まった。

智也が詐欺師じゃなかったってことは、わたしのこと本当に気に入ってくれたのかな？　結婚前提で付き合いたいって、本心だったの？　もしも別の形で自然に出会ってたら、どうなってたんだろう？　交際したかどうかはさて置き、少なくとも漫画アニメ好きの友だちにはなれた気がする。

——まあ、いっか。ゆず子さんの百万円は無事に戻ったんだし、一件落着ってことでよしとしておこう。

……ほんのちょっとだけ、寂しさが残っちゃったけどさ。

「カエデ」

急に後ろから声をかけられて、身体がビクリと硬直した。

この声は……グルメ警部！

「どうしたんですかっ？　なんでここに？」

「決まってるだろう。君が危険な目に遭わないように尾行してたんだよ。実は、カエデのスーツの襟裏に盗聴器をつけてあったんだ。さっきの智也とゆず子さんの会話も聞いた。どっちもどっち、同じ穴の狢《むじな》だったな」

警部はカエデの首元に手を伸ばし、後ろの襟から小型の盗聴器を外す。

「だから今朝、このスーツで彼氏と会えばいいって言ったんですね。ちゃんと教えてくれればよかったのに……」

「これ以上、カエデが独断で暴走しないように、わざと突き放して内緒で仕掛けておいた。ちょっとしたお仕置きだ」

そうだったのか、と膝から力が抜けそうになった。

「……もう勝手に張り切るのはやめます。今回の件も、元恋人同士の些細《ささい》なトラブルだった気がするし、お節介でしたよね」

「智也を調べたが、今の会社も副業も苗字の変更も、すべて事実で犯罪歴もなかった。仲間たちも同様だ。智也は単純に、女性と付き合うと甘えて問題を起こしてしまうタイプなのかもな」

「ってことは、やっぱりわたし、ゆず子さんに振り回されてただけだったんですね。警部にも無駄なことさせちゃって、本当にすみませんでした」

「いや、きっと智也はカエデと出会ったから、身辺整理をしたくてゆず子さんの借金を清算したんだろう。もし君が彼と交流していなかったら、借金はうやむやにされていたかもしれない。だから、今回は君のお手柄だ」

「わたしの……？」

「そう。カエデの行動は無駄じゃなかったんだよ。お疲れ。よくやったな」

頭をポンポンされた。急激に涙腺《るいせん》が緩んでいく。

うれしいからなのか、悲しいからなのか、自分でもよくわからない。

両目の縁に溜まった水滴を、警部に見られないように指で拭った。

「警部……」

「なんだ？」

「わたし彼のこと、好きになりかけてた気がします。だから、詐欺師じゃなくてホッとしてたりもするんです。好きは幻と化しましたけど、わたしにとってこの数日間は、舞い上がったり疑ったり驚いたり、まるでジェットコースターのような日々でした」

「それはいいことだ。よろこびも痛みも、どんな感情も味わい尽くさないともったいないからな。味わえば味わった分、心の器が大きくなって、人生が豊かになるんじゃないかと私は思う。カエデはいい経験をしたんだよ」

「……そう思いたいです」

おとりで近づいた相手だったけど、味わった感情だけは本物だった。すぐには忘れられなくても、思い出す夜があったとしても、いつかは自然に色褪《いろあ》せていく。それを待つことにしよう。

なんて柄にもなく乙女チックな気分になっていたら、お腹がグーッと鳴ってしまった。

――心が晴天でも土砂降りでも、どんなときだってお腹は空くのだ。

「よし、なんか食べていくか。三茶だから、いつものビストロはどうだ？」

「いえ、なんとなくラーメンとか麻婆《マーボー》豆腐とか、庶民的な中華が食べたい気分です」

「だったら近くに私の確保店がある。小さな大衆店だけど、味は素晴らしい。そこでもいいか？」

「行きたいです！」

警部が大股で歩き出し、カエデは遅れないようについていく。

単純で現金かもしれないけど、気持ちが急速に上を向いてきた。

「ところで、あのアニメ映画は秀逸《しゅういつ》だったな」

「ええ？　昨日の『マユカゲート』ですか？」

「ああ。サブスクでテレビシリーズの予習もしていったから、存分に楽しめたよ」

「警部もアニメとか観るんですね」

「観るさ。ＳＦファンタジーとかバトルアクションとか、好きな作品はたくさんある。『マユカ』はタイトルしか知らなかったけど、カエデが熱く語ってたからな。

ちゃんと観ないと損するような気持ちになった」

わあ、警部がわたしの大好きな作品を気に入ってくれた！

「楽しんでもらえてうれしいです！　別のオススメも観てもらえますか？」

「そうだな。また面白いタイトルを教えてくれ」

「任せてください！」

共通の〝好き〟ができたことに、よろこびが泉のように溢れてくる。

「……さて、そろそろ目的地だ。先に言っておくけど、店主の親父さんが最高の味を追求して作る料理なんだ。ひと口も食べずに七味やラー油をかけまくるとか、作り手を冒瀆《ぼうとく》するようなマネはしない……よな。カエデなら」

「もちろん！　警部の確保店でそんな失礼なこと、絶対にできません」

「よし。では、好きなだけオーダーしてくれたまえ。捜査協力のお礼だ」

「ありがとうございます！」

❖

それから間もなく。カエデは絶品麻婆豆腐と山盛り炒飯《チャーハン》、熱々ギョーザに舌鼓《したつづみ》を打っていた。

「麻婆豆腐、めっちゃ美味しい！　ご飯にかけたら最高だけど、あえて炒飯と組み合わせてみました。ギョーザも肉汁たっぷりで最高！」

「それはよかった。ここは担々麺《たんたんめん》も名物なんだ。余裕があったら食べてみるといい」

「食べたいです！　なんか、辛い料理が無性に食べたかったんですけど、智也のカプサイシン好きが伝染《うつ》っちゃってたのかも。んー、この麻婆豆腐、山椒《さんしょう》っぽい香りと痺《しび》れるような辛みがたまらないですね」

「それは中国の山椒で〝花椒《ホアジャオ》〟と呼ばれる香辛料だ。四川《しせん》料理でよく使用される。日本でも本格的な店の麻婆豆腐ではお馴染みだが、高価なので使用しない中華店も多い。ここは庶民的な中華店では珍しいほど、花椒の使い方にこだわっているんだよ」

「なるほど、ホァジャオか。クセになる味わいです」

　無我夢中で食べ続けているカエデに向かって、警部は「ところで……」と口調を改めた。

「前に私の誕生日祝いで出してくれたステーキ&キドニーパイ、かなり美味だったな」

それは、牛肉の腎臓《じんぞう》などいろんな部位を野菜と煮込んだものが入ったパイ料理。有名海外ミステリー小説によく登場するイギリスの伝統料理で、幼少期の警部が乳母だったアリスにせがんで作ってもらっていた、警部にとっての思い出の味だ。

「あの日の料理はすべて政恵さんが作ってくれたそうだが、あのパイだけは政恵さんじゃなかった。私がそう思ったのは間違いじゃないよな？」

「……そうです。政恵さんが別の方に頼みました」

作り手はアリスだ。息子のために、わざわざ作ってくれたのである。

あのとき警部は、ひと口食べただけで実母の味だと気づいたようだった。

「そのシェフにお礼がしたいんだ。今、何がいいか考えている。思いついたらシェフに渡してほしいのだが、それは可能か？」

意外な申し出に驚き、すぐに感動が押し寄せてきた。

来月は五月。五月の第二日曜日は〝母の日〟だ。きっと警部は、アリスさんに母の日のプレゼントをするつもりなんだ！

「もちろんです！　政恵さんが確実に渡してくれます。そのシェフもよろこばれると思いますよ」

「そうか。じゃあ、その際は頼む」

照れたように微笑んだ警部が、カエデには眩《まぶ》しかった。そして、心の底からしみじみと思った。

やっぱり、グルメ警部ほどいい男はいないよな、と。

2

老舗鰻屋から消えた秘宝

「鰻《うなぎ》というのは、遥《はる》か縄文時代から食されていたという、日本人のソウルフードとも言うべき食べ物なんだ」

鰻の骨煎餅《ほねせんべい》とキュウリの浅漬けをつまみに日本酒を飲むグルメ警部が、いつもの調子でうんちくを語っている。カエデも香ばしい煎餅をボリボリ齧《かじ》りながら、日本茶をすすって警部の話に頷《うなず》いていた。

田園調布《でんえんちょうふ》の住宅街にある鰻屋『きよ八《はち》』。清潔感漂う店内には、テーブル席が四卓あり、奥に上がり框《かまち》の座敷席があるのだが、すべて満席になっている。入り口横のカウンターの奥では、老齢の店主が炭火で鰻を焼き、夫人がサポートをしている。ここは先代から受け継いだ老夫婦がふたりで営む老舗《しにせ》。警部が昔から通い続けている名店だ。

「『万葉集』にも記述がある鰻だが、庶民に広まったのは江戸時代から。高たんぱくでビタミンに富み、脳を活性化させるDHAも豊富。疲労回復や食欲増進効果もあるので、江戸っ子たちにも愛されていたそうだ」

「〝土用の丑《うし》の日〟に鰻を食べる習慣も、江戸時代から始まったそうですね。このあいだ情報番組の特集で観ました」

「平賀源内《ひらがげんない》のアイデアだって説だろ。こってりしてるから夏に売れなくなった鰻を、『丑の日だから〝う〟がつく食べ物の鰻を食べると縁起《えんぎ》がいい』と語呂合わせの提案をして看板を出させたら、一気に人気が出たっていう。発明家だった平賀源内らしい逸話《いつわ》だよな」

「あと、関東と関西では鰻の開き方が違うらしいですね。武士の町だった江戸では〝切腹〟と重なって縁起が悪いから〝背開き〟。商人の町だった大阪では、〝腹を割って話す〟のが良いとされて〝腹開き〟。いろんな説があって面白いです」

カエデは番組で仕入れた知識を、せっせと披露《ひろう》してみた。

「関西と関東では調理過程も違う。串刺しにした鰻を〝焼く〟のが関西で、関東では焼きに〝蒸し〟が加わるんだ。ここの蒲焼《かばやき》も白焼きにしてから蒸し上げて、さらに細かな骨抜きをし、タレにくぐらせてから焼きを入れる。注文が入ってから捌《さば》いて、紀州《きしゅう》備長炭でじっくり焼き始めるから、鰻重《うなじゅう》が提供されるまでに四十分以上かかる。その時間をこうしてのんびり待つのも、乙なんだよな」

「めちゃくちゃ楽しみです」と言いながらも、カエデは早くこないかなーと、首を伸ばして鰻重を待ち続けていた。

店主が団扇《うちわ》をパタパタと鳴らしている。鰻の脂《あぶら》が炭に落ちたのか、ジュワーッと音がして、甘さを含んだ香ばしいタレの匂いが店内に立ち込める。

あーもう、たまんない。骨煎餅と浅漬けだけじゃ、全然足りないんですけど！

飢餓感《きがかん》で悶《もだ》えそうになっているカエデは、以前にもこの店の鰻を食べたことがある。田園調布に住むグルメ警部の知り合いから、遺産に関する相談をされたとき、依頼主の奥様が出前注文した鰻重をご馳走《ちそう》してくれたのだ。その時点ではアルバイトが出前をしていたのだが、今はアルバイトが辞め、店も連日予約で満席なので、出前は受け付けていないらしい。

「斗真《とうま》さん、お待たせしました」

白いエプロンをした老夫人が、漆《うるし》の器に入った松の鰻重を運んできた。器にみっちりと並んだ、ふたつにカットされた大振りの蒲焼。タレがまぶされた艶々《つやつや》の白米。蓋つきの椀の中身は肝吸《きもす》い。小皿に盛られた茄子《なす》とキュウリのお新香も、瑞々《みずみず》しい光を放っている。

待ってました！　美味《おい》しそう！　早く食べたい！

カエデは速攻で割り箸を手に取りスタンバイしたのだが、警部はのんびりと夫人に話しかけている。

「道子《みちこ》さん、いつもありがとうございます。『きよ八』の圭介《けいすけ》さんが焼く鰻は最上級ですからね。定期的に食べないと気が済まないんですよ」

「こちらこそ、毎度お世話様です。うちの人ももう歳だから、いつまで続けられるかわからないんだけどね。ひとり娘は跡継ぐ気なんてないし」

福福とした丸顔の夫人・清瀬《きよせ》道子の言葉に、「そんな、悲しくなるじゃないですか」と警部が瞳を曇《くも》らせる。

「冗談よ。うちの人はまだまだやる気だから。じゃあ、ごゆっくり」

明るい笑みを残し、道子はそそくさと厨房へ戻っていった。別の席に鰻重を運ぶためだろう。

「……警部、食べてもいいですか？」

駄目だ。もう我慢できない。炭火焼きの強い香りが食欲を刺激して、よだれが絶え間なく湧いてくる。餌《えさ》を食べる前に「待て」とお預けを食らうワンコたちは、こんなつらさを耐えているのだろうか。

「もちろんどうぞ」

「いただきます！」

速攻で割った箸を、蒲焼の端に沈めた。なんの抵抗も感じないほど、皮も身も柔らかい。手頃な大きさにして白米と一緒に口へと運ぶ。

「……ふわぁ」

息と共に感嘆の声が漏《も》れる。

お見事！　と手を叩きたいほど絶妙な焼き加減。注文を受けてから捌いたのが、素人でもはっきりわかるほど新鮮な風味。肉厚の身はフワリとしていて、トロンと鰻の旨《うま》みが舌の上に広がっていく。濃厚なタレは甘さと辛みとのバランスが素晴らしく、これまた絶妙に炊けた白米と共に、口内で幸せのハーモニーを奏でていく。

「最高！　出前でいただいたときも美味しかったけど、出来立ての美味しさは格別ですね。あ、山椒《さんしょう》かけるの忘れてた」

「初めは山椒抜きで食べる。それが正しい食べ方だと私は思っている。もちろん山椒との相性がベストなのは当然なのだが、蒲焼本来の味が薄まるのも事実だからな。一番お勧めしたいのは、蒲焼をめくって白米に山椒をかけてから、また蒲焼を載せる食べ方だ。寿司のワサビのように、鰻と白米のあいだを繋ぐ山椒が、鰻重の味をより引き立ててくれる」

すでに山椒を蒲焼の上にかけてしまったカエデは、警部の言葉をスルーしてふた口目の鰻重を頬張《ほおば》った。

「うわわ、山椒も挽《ひ》き立てで香りが強い！　茄子とキュウリのお新香もさっぱりしてていい塩梅《あんばい》ですね。――あー、肝吸いの美味しさも染みる……」

そのあとは、なるべくゆっくりと料理を味わった。自制していないと、警部より遥かに速く平らげてしまいそうだったからだ。

「――はぁー、美味しかった。さすがは警部のご近所の確保店ですねえ」

「無性に食べたくなる日があるんだ。小林《こばやし》には内緒にしておいてくれ。自分も行きたかったと騒ぐに決まってるから」

「了解です！　わたし、またこのお店に来られたらうれしいです」

「予約が取れたらな」

グルメ警部に極上鰻重をご馳走になって、大満足で帰宅しようとしたのだが……。

最後の客となっていた警部とカエデが店を出ると、入れ違いに恰幅《かっぷく》のいい着流し姿の白髪老人が、『きよ八』の扉を乱暴に開けた。

「おい、圭介！　またうちの客を横取りしやがったなっ」

その剣幕《けんまく》に驚いたカエデは、開いたままの扉から中を覗《のぞ》いてしまった。

カウンターの前に立った白髪老人に向かって、坊主《ぼうず》頭にねじり鉢巻をした『きよ八』の店主・清瀬圭介が、割烹着《かっぽうぎ》の腕をまくりながら飛び出してくる。

「なんだなんだ？　天下の『梅岩《うめいわ》』の光太郎《こうたろう》さんが、くだらねえイチャモンつけに来たのかい?」

「ふざけんじゃないよ。うちの鰻はアジア産の養殖だって、デタラメ言ったのお前さんだろ!　お陰でお得意さんが減っちまったじゃねえか」

「んなこと言ってねえわ。『梅岩』は脂っぽいからアジアの養殖だったりして、って言われたから、かもしれないねえ、って冗談で応じただけだ」

「冗談じゃ済まないだろう!　うちは国産しか使わないんだよ。知っててわざと誤解させたんだろうが。卑怯《ひきょう》な手を使いやがって、恥を知れ!」

「てめえだって同じだろ!　『きよ八』の質が急に落ちた、もう潰《つぶ》れそうだって噂、そっちが流したって聞いたぞ。てめえこそ謝れってんだ」

「潰れそう、じゃない。潰れりゃいいのに、って言ったんだよ」

「はあ?　そりゃこっちの台詞《せりふ》だわっ!」

侃々諤々《かんかんがくがく》と言い合う老人たちを、道子がオロオロと見ている。

そこに、短髪で切れ長の目をした三十代くらいの男性が現れた。

「父さん!」

店に入るや否や白髪老人の腕を取り、引っ張り出そうとする。

「いい加減にしてくれよ。『きよ八』さんに迷惑だろ。早く帰ろう」

「稔《みのる》、お前はどっちの味方なんだ？　こんなちんけな店に肩入れすんなら、とっとうちから出てけってんだ！」

暴言を吐きまくる白髪老人を、稔と呼ばれた男性がどうにかなだめようとしている。

「カエデ、もう行くぞ」

「あ、はい」

歩き始めた警部の背中に、あわててついていく。

「さっき『きよ八』の圭介さんに食ってかかったのは、ここの近所にある鰻処『梅岩』の二代目店主・村西《むらにし》光太郎さんだ。あとから光太郎さんを迎えに来たのが、『梅岩』の料理人でもある次男の稔さん。圭介さんと光太郎さんは昔から犬猿の仲で、最近は稔さんが父親を止めに入ることが多いらしい。まあ、近所の我々からすればよく見る光景だ。気にしないでくれ」

何気なく説明をした警部に、「いろいろあるんですねえ」とだけ答え、カエデは最寄りの駐車場に置いたミニクーパーを目指した。

このときはまさか、翌日も『きよ八』に来ることになるとは、予想もしていなかった。

◈

翌朝、グルメ警部の邸宅へ迎えに行くと、門の前に立っていた警部が早口で言った。

「車をうちのガレージに入れてくれ。また『きよ八』に行く」

「はい？　朝から鰻ですか？」

「食べに行くんじゃない。店で事件が起きたらしい。圭介さんから連絡があった。君も助手として一緒に来てくれ」

「は、はいっ！」

鰻屋で事件ってナニ？　昨日、あれからナニが起きたの？

クエスチョンだらけのまま、カエデは久留米《くるめ》家の五台分はあるバカでかいガレージ、しかも警部の鑑賞用アストンマーティン・ＤＢ５の横にミニクーパーを停めてから、徒歩数分の『きよ八』まで急いだのだった。

「ああ、斗真くん。わざわざ呼んじまって申し訳ない。大げさな警察の捜査なんかまっぴらゴメンだからさ、個人的に相談させてほしかったんだ」

坊主頭で小柄な老店主・圭介。間もなく七十歳になるという彼が、青ざめた顔で警部を迎えた。隣には圭介の七歳年下の福福とした道子夫人が、怯《おび》えた表情で立っている。

「『きよ八』さんの一大事に、私が駆けつけないわけないじゃないですか。圭介さん、道子さん、こちらは昨日も連れてきた助手の燕《つばめ》カエデです。我々が隠密《おんみつ》に捜査します。何が起きたのか詳しく話してください」

グルメ警部がボイスレコーダーのスイッチをONにし、胸ポケットに差し込んだ途端に、圭介は悲痛な声を発した。

「うちの宝が盗まれちまったんだ！」

「宝？」とカエデが素《す》っ頓狂《とんきょう》な反応をすると、圭介は痩《や》せた身体《からだ》にそぐわない大声で話し出した。

「代々継ぎ足してきた秘伝のタレだ。今朝、壺《つぼ》ごとなくなってたんだよ！」

厨房《ちゅうぼう》を指差す彼の視線を辿《たど》ると、ぽっかり何かが抜けた空間がある。

「いつもそこにあった、茶色の壺ですね。直系三十センチくらいの」

常連のグルメ警部は、しっかりと記憶していたようだ。

「そう。昨日の夜十時頃まではちゃんとここにあったんだ。なあ？」

「あったわ。そのくらいに店仕舞いしたから」と道子が頷く。

「うちは週に一回、タレに火入れして殺菌《さっきん》するんだ。今日が火入れの日だったのに、今朝下に来たらなくなってた。あのタレには、これまでつけ焼きした蒲焼の旨みが染み込んでるんだ。門外不出の宝なんだよ。あれがなくなったら、もう店なんて開けられないよ！」

勢い余ってゲホッと咳《せ》き込んだ圭介の丸い背中や腰を、道子がしきりにさすっている。

カエデは気の毒で見ているのが辛くなり、目を逸《そ》らしてしまった。

ちなみにこの店は、一階が店舗で二階が住居になっている。下に来た、とは住居から店に入ったという意味だ。

「お気持ちはわかります。タレは鰻屋の命と言っても過言ではないですからね。私が全力で探してみます。早速ですが、圭介さんたちは今朝何時頃に起きて、何時頃お店に入ったんですか？」

警部が質問を開始した。

「お前に起こされたんだよな。いつも通り七時頃だったか？」

「そう。それから二階の台所で主人と娘と三人で朝食をとって、主人と一緒に下に来ました。……八時すぎくらいかしら」

「そうだな。それでタレの壺がないことに気づいた。店や家の中はあっちこっち探したよ。でも、どこにもないんだ」

「ということは、昨夜の十時から今朝八時までのあいだに、何者かが店に侵入した可能性がありますね。その間に怪しい人影や物音など、見聞きしませんでしたか？」

「それだよ。実は、風呂の中で車のエンジン音を聞いたんだ。昨日の夜、店の前のほうから聞こえてきた。なあ、お前は何も聞こえなかったんだろ？」

「ええ。台所で洗い物してたから」

「そしたらさ、娘も同じ頃に部屋から車を見たらしいんだよ。おい、マリを呼んできてくれ」

　圭介に言われて道子が娘を呼びに行き、今日は会社を休んだというＯＬのマリが姿を現した。母親似の可愛らしい、二十七歳の女性だ。

「マリさん、ご無沙汰《ぶさた》してます」と、警部が挨拶《あいさつ》をする。

「ホント久しぶり。斗真さんが捜査してくれるなら安心です。ええっとですね、昨日の夜十一半時くらいにエンジン音が聞こえたんです。丁度《ちょうど》二階の部屋のデスクでパソコンをいじってたので、何気なく窓から下を覗いてみました。そしたら、ワゴン車が店の前から発進していくのが見えたんです」

「車種はわかりますか？　運転手がどんな人か見えましたか？」

「いえ、車種とかには詳しくなくて。大きめのワゴン車だったことしかわからないです。色は……紺色でした。でも、誰が運転してるのかまでは、暗くてわからなかったです。駅の方向に走っていきました」

肩を強張《こわば》らせてマリが証言する。かなり緊張しているようだ。

「昨日の夜十一時半頃、紺色のワゴン車ですね。圭介さんは風呂場でエンジン音を聞いたけど、車を目撃したのはマリさんだけ、と。大変恐縮なのですが、その部屋の窓を少しだけ拝見してもよろしいでしょうか？」

「……散らかってますけど」

「窓の外を確認するだけですので、お願いします。ほかの皆さんはここでお待ちください。あまり動いたり何かを触ったりしないでくださいね」

手袋をした警部がマリと一緒に二階へ行った。

圭介は弱々しく客席の椅子に座り、背中を丸めている。その横に座った道子は、元気づけるように彼の背中を撫でている。何もできないカエデは、ひたすら階段の上部を見つめていた。

――ほどなく、警部とマリが一階に戻ってきた。

「マリさんの部屋からは、店の入り口に面した公道がはっきり見えますね。いろいろと参考になりました。ところで圭介さん」

「なんだい？」

「今朝店に入ったとき、鍵は閉まってましたか？　入り口、裏口、窓。鍵が開いていた場所はなかったですか？」

「……それがなあ」と、圭介は言いづらそうに顔をしかめた。

「ちゃんと戸締まりしたはずなのに、今朝見たら裏口の鍵だけ開いたままだったんだ。もしかしたら、俺がかけ忘れたのかもしれない。最近、物忘れが多くなっててさ。……面目ない」

「いえ、お気になさらず。裏口を見せてもらいますね」

グルメ警部が裏口へと移動し、周囲やドアノブを観察して扉を開けている。カエデたち一同も何気なく近づき、警部の様子を見守っていた。

「扉の上に防犯カメラはないようですね。店内の指紋採取などをしておくべきなのですが、生憎《あいにく》私は犯罪捜査班ではないので、よろしければ部下を呼びますけど

「……」

「いいんだ。大げさなことはしたくねえから。盗みに入られたなんてご近所に知られたら、うちの評判がガタ落ちになる。それに、俺は犯人に心当たりがあるんだよ」

え？　とその場の誰もが圭介を凝視し、固唾《かたず》を呑んだ。

「犯人の心当たり。それはどなたですか？」

グルメ警部が静かに問いかけ、圭介は吐き出すように言った。

「この街にあるふたつのライバル店のどっちかだ。串焼きの『川串《かわくし》』か蒲焼の『梅岩』。俺に言わせりゃ、怪しいのは『梅岩』の店主だよ。あいつは昔からうちを目の敵《かたき》にしてっから。昨日の夜もイチャモンをつけに来て、『潰れりゃいい』って言ってたからな。それに、どっちの店もワゴン車を持ってるはずなんだ。組合で一緒になったとき、あのふたりは互いのワゴン車の話で盛り上がってたんだから。

昨日マリが見たのは、きっと『梅岩』か『川串』の車だ。だから斗真くん、あいつらを調べてもらえないかい？」

◈

それからカエデはグルメ警部に連れられて、『川串』へと向かった。

店構えは昔ながらの小さな飲み屋風。午前十一時から営業しているため、扉や窓の隙間《すきま》から焼き鳥屋にも似た香りの煙が立ち上っている。カウンターのみの狭い店内では、中高年の男性たち数人が昼飲みを楽しんでいる。

「いらっしゃい。ああ、久留米の坊ちゃん。久しぶり」

無精《ぶしょう》ひげを生やした体格の良い中年男性が、カウンターの中から警部を迎えた。三代目店主の内藤猛《ないとうたけし》、四十五歳だ。美容師の妻と小学生のひとり息子がいるらしい。この店は猛だけで切り盛りしているそうだ。

「ご無沙汰してます。猛さん、坊ちゃんは勘弁してくださいよ」

「おお、悪かった。もう立派な警部さんなのに、坊ちゃんはないよな。相変わらず狭い店だけど座ってよ。なんか飲むかい？」

「はい。まだ仕事中なので冷たいウーロン茶を。カエデは？」

「同じでいいです」

「じゃあ、ウーロン茶ふたつ。あと、串焼きコースを二人前お願いします」

「あいよ」

店主が炭火の網の上に、串に刺した何かをいくつか置いて焼き始める。すべて鰻の部位のようだが、カエデが初めて見るものばかりだ。炭火焼きグリルの横に小さめの壺が置いてあり、中のタレをつけながら焼いていく。茶色ではなくアイボリーの壺。当然のことながら、『きよ八』の壺ではない。

もうもうと立ち上るかぐわしい煙を間近で感じながら、お通しのシソの穂入りキャベツの浅漬けをつまむ。

「ここも昭和初期から代々続く老舗で、鰻のいろんな部位が串焼きで食べられる。蒸したりしない関西風の鰻って感じかな。しし唐、椎茸、長葱《ながねぎ》などの野菜も串焼きにしてくれる。身がたっぷり入ったひつまぶしも名物なんだ」

慣れた口ぶりの警部。「地元のよく知る店だから、入っていきなり話を聞くより、まずは客として接したほうがいい」との考えで串焼きコースを頼んだのだが、カエデとしては初めて食べる鰻の串焼きである。好奇心でワクワクが止まらずにいた。もちろん、聞き込み捜査であることを忘れたわけではないのだが。

「はい、バラ焼き、肝焼き、ヒレ焼き。お好みで山椒かけてね」

長方形の皿の上に、店主の猛が三つの串を並べた。どれも細長い身を串にグルグルと巻きつけたような形態をしている。タレはすべて同じようだ。

「これってどこの部位なんですか？」

カエデの問いに答えたのは警部だ。

「バラは鰻の腹骨についた身。肝は肝吸いでお馴染みの内臓。ヒレは臀《しり》ビレと背ビレでニラを巻いたもの。それぞれ味も食感も全然違うぞ」

「いただいてみます」

まずは白っぽいバラ焼きから食べてみる。意外とあっさりしていて、クニャリとした食感。鰻というより脂ののった白身魚といった印象だ。

ヒレ焼きは、ほんのりゼラチン質をまとったヒレの皮と、真ん中で存在感を放つニラの束との組み合わせが面白い。うまく食べないと、ニラだけがズズッと先に入ってくるのが難点だけど。

苦みとコクが凝縮《ぎようしゆく》された肝焼きの美味しさは、言わずもがなである。

「蒸して焼く蒲焼とは別の食べ物ですね。タレは甘めでこってりしてる。どれもお酒のつまみに合いそうな感じです」

カエデが三本の串を食べ終わった頃に、別の部位が三本焼き上がった。

「八幡《やわた》巻き、レバ焼き、串巻き。八幡巻きは煮たゴボウの上から鰻の細切りを巻いたもの。レバは一尾の鰻からふたつしか取れない貴重な肝臓。脂ののった細切りの身を串に巻いたのが串巻きだ」

警部の説明を聞きながら、どれも美味しくいただく。

串巻きの蒸していない鰻の身は程よい弾力があり、こっくりとしていて食べ応えがあるし、八幡巻きは鰻とゴボウとの相性が抜群だ。

柔らかくてトロリとした味わいのレバ焼きも絶品だった。

「コースは以上です。何か追加あります？」と猛に訊かれたが、「いえ、もう十分です。どれもすっごく美味しかったです」と答える。

満腹になったわけではないけど、鰻を丸ごと食べ尽くしたような満足感がある。それに、これ以上時間を消費している場合ではないと自覚もしていた。

「お嬢さん、ホント旨そうに食べてくれるよね。斗真くんもだけど、そういうお客さんが相手だと、こっちも焼き甲斐《がい》があるよ」

「猛さんの腕がいいからですよ。どこの店でもリアクションがいいわけじゃないですから。そうそう、こちらの燕カエデは私の個人運転手で、食べることと車が大好きなんです」

事前の打ち合わせ通り、警部がカエデに話を振ってきた。

「そうなんです。愛車は中古のミニクーパー。ペパーミントグリーンのボディがもう可愛くて」

「へえ。若い女の子が運転手だなんてカッコいいねえ」

「ご主人も車がお好きなんですか？」

「好きって言うほどでもないけどね。一応、仕事にも使えるからワゴン車に乗ってるよ」

　やっぱりワゴン車だ。もっと探りを入れなきゃ。

「わたしもワゴン車に興味があるんです。今の車に何かあったら、次はワゴン車にしようかなって。ご主人は何に乗ってるんですか？」

「〝ミライース　LA300S〟。うちも中古だけどね」

「ダイハツのミライースかあ。乗り心地良さそうですよね。ちなみにボディカラーも訊いていいですか？」

「うちのは〝B70　アーバンナイトブルークリスタルメタリック〟。嚙《か》みそうな名称だけど、要するに紺色だよ」

　ビンゴ！　紺色のワゴン車ってことは、昨日の夜にマリさんが目撃したのは、この人の車かもしれない。

「そういえば昨日の夜十一時半くらいに、駅の辺りで紺のワゴン車を見かけたって方がいるんです。もしかして猛さんの車でしたか？」

グルメ警部がカマをかける。これも打ち合わせ通りだ。

「いや、違うね。もうしばらく乗ってないから。……あのさ、もしかしてこれ、なんかの事件の捜査？　俺が容疑者だったりすんの？」

鋭く指摘されてしまい、カエデは動揺してしまった。握った手に汗が滲《にじ》んでいる。

だが、警部は「さすが鋭いですね」と微笑《ほほえ》んだ。

「では単刀直入にお話しします。実は、この街で盗難事件が起きましてね。まだ公式に被害届が出ているわけではないので、私が個人的に調べているんです。その事件現場で、昨夜十一時半頃に紺色のワゴン車を見かけたとの証言があったんです。なので、この辺りでワゴン車を所有している方々に、お話を聞いている最中なんですよ。その方も何か情報をお持ちかもしれないので」

「盗難事件って、何が盗まれたんだい？」

「申し訳ない、まだお話しできないんです。いずれちゃんとご報告します。猛さんは昨夜、ワゴン車には乗っていないわけですよね。念のためにお聞きしますが、どなたかに車をお貸しした、なんてことは？」

「誰にも貸してないいし、昨日の夜は店を閉めたあと、駅前のバーで仲間と終電近くまで飲んでた。アリバイってやつだな。それに……」

「それに？」

軽く身を乗り出した警部に、彼は即答した。

「昨日の夜、車になんて乗れるわけないんだよ。車検で預けてる最中なんだから。もう一週間くらいになるかな。なんなら預けた車屋を教えるよ」

◈

「空振りで残念でしたね。アリバイもあるみたいだし、『川串』はシロ。これで怪しいのは、『梅岩』に絞られたってわけですね」

店を出てカエデが話しかけると、グルメ警部はしたり顔で言った。

「いや、重要な証言が入手できた。行ってみた甲斐があったよ」

「重要な証言？　何がですか？」

さっきの会話で特に気になるところはなかったのに、と首を傾《かし》げる。

「猛さんのミライースは〝B70 アーバンナイトブルークリスタルメタリック〟だって言ってたよな。あの色は黒に近い紺なんだ。夜中だと黒に見えるくらいの濃紺。だが窓の外を覗いたマリさんは、〝色は紺色〟だと証言した。彼女の部屋の窓から確認したが、この辺りは街灯の少ない住宅街だ。二階から下の車を見て、はっきり紺色だと認識できるとは思えない。『誰が運転してるのかも、暗くてわからなかった』くらいだからな。

　ということは、マリさんが猛さんの車の色を知っていて、わざと紺と言った可能性がある。そのワゴン車が車検中だったなんて知らずにな」

「なんで？　なんのために？」

「容疑を『川串』に向けて『梅岩』を庇《かば》うため。もしくは……トラブルを避けるためかもしれない」

　次の捜査先である『梅岩』に向かって歩きながら、警部は思案気に話し始めた。

「窓の下にワゴン車が停まっていたのは事実だと仮定する。たとえばだが、マリさんは『川串』『梅岩』、どちらのワゴン車も見たことがあった。だから下にあったのが『梅岩』の車だと気づいた。だが、それを正直に打ち明けたとしたら、父親の圭介さんは激怒しただろう。『梅岩』に乗り込んでいったかもしれない。カエデも見た通り、『梅岩』店主の光太郎さんと圭介さんは、会えば喧嘩《けんか》になる仲だから」

「確かに、昨日も言い合ってましたね。お互いの店をディスってたって言うか……」

「ここらで鰻の蒲焼といえば、『きよ八』か『梅岩』だ。どちらも代々続く有名店。だが、客観的に見ても評判は『きよ八』のほうが上。『梅岩』だって十分美味しい店だが、コスパなどの面で劣ってしまう。店の規模も大きいし、高級店として店内装飾にもこだわっているからな。だから、『梅岩』の光太郎さんにとって『きよ八』の圭介さんは目の上のたんこぶ。それを隠そうともしない光太郎さんが、圭介さんは気に入らないんだ」

「ふたりは長年のライバル同士なんですね」

「ああ。だからマリさんは、圭介さんが血迷って光太郎さんを責めに行ったりしないか、心配だったから嘘をついた。『きよ八』と『川串』とは付かず離れずの関係だから、『川串』に容疑を向けてしまえば、ことが穏便に済むと思った。……いや、それだけであんな嘘をつくのか？」

ふいに立ち止まった警部に、カエデはそっと声をかけた。

「あの、マリさんにもう一度話を聞いたほうがよくないですか？」

「しー、静かに。そこに隠れるぞ」

四つ角の陰にカエデを引っ張り、警部が塀の脇から遠くへ目をやる。

「噂をすればなんとやらだ。公園にマリさんがいる。誰かと一緒にいるようだ」

カエデも警部の脇から公園を眺《なが》める。確かに、マリらしき女性が短髪の男性と話し込んでいた。

「あれは……『梅岩』の次男だ」

「えっ？　昨日お父さんを迎えに来た稔さんって人？」

「そう。村西稔、三十歳。二歳上の長男・亮《りょう》と店を手伝っている。マリさんとライバル店の次男が、なぜ一緒に？」

「まさか、マリさんが手引きして次男にタレを盗ませたとか？　それで『川串』に罪を擦《なす》りつけようとした、なんてことはないですよね？」

「いや、彼女は孝行娘として有名なんだ。父親を困らせるようなことをするはずがない。タレがなかったら『きよ八』は続けられない。それは、圭介さんの生き甲斐を奪うのと同義なんだからな」

しばらくふたりの様子を窺っていたら、なんとマリは稔と軽くハグし合った。

「わっ」

「しー、大声を出すな」

警部に窘《たしな》められても、ドキドキが止まらない。カエデが画面や紙面ではないリアルなラブシーンを目撃したのは、初めてかもしれないないないからだ。自分が抱き寄せられたことはあるけど、それはすでに忘却《ぼうきゃく》の彼方になっている。

やがてマリが名残《なごり》惜しそうにその場を立ち去り、稔も公園から出て『梅岩』の方向に消えていった。

「ちょ、警部！　これってアレですよ！　ロミオとジュリエット。敵対してる家同士の男女が愛し合っちゃったんですよ！」

カエデの鼻息は興奮で荒くなっている。

「だとしたら、マリさんが『梅岩』を庇った説に信憑《しんぴょう》性が出てくる。よし、本人に直撃だ」

グルメ警部はカエデを従え、マリを追いかけて呼び止めた。

ギョッとした表情で振りむいた彼女に、警部は穏やかに話しかける。

「たった今、『梅岩』の村西稔さんとご一緒されてましたね。どんなご関係なのか話してもらえませんか？」

「……友人です」

マリはハンカチを取り出し、額の汗を拭《ぬぐ》う。

「単なるご友人だとは思えなかったのですが、まあいいでしょう。先ほど『川串』

のご主人に話を伺ってきました。紺色のワゴン車をお持ちだそうです」

「じゃあ、怪しいのは『川串』じゃないですか」

「それが、今は車検中で車屋に預けているそうなんです。なので、昨夜あなたが見たのは『川串』の車ではない。下に停まっていたのは、本当に紺色のワゴン車だったんですか？」

「……だと思ったんです。暗かったし、色が違って見えたのかもしれないけど……」

目を逸らしたマリの声が、どんどん小さくなっていく。

「その件に関しては、街頭の監視カメラをチェックすれば、はっきりすると思います。誰が運転していたのか、その人物が裏口から入って壺を運んだのか、すべてカメラに映っているはずですので」

「監視カメラ……？」

「あなたの部屋から外を見たときに確認しました。電柱に設置された監視カメラの撮影範囲は、車が発進したという辺りを網羅《もうら》している。部下に頼めばすぐに調べてくれます。マリさん、嘘の証言を撤回するのなら、今のうちですよ」

なるほど、この家の近くに監視カメラがあったのか。

二階のマリの部屋に行ったとき、警部はそこまで観察していたのかと、カエデは感心しきりだった。

「……そっか、カメラがあったんだ。全然気づかなかった。……嘘ってつき切れないもんなんですね。斗真さんに指摘された通りです。車は紺色じゃなくて、本当は白っぽいワゴン車でした」

観念するしかないと悟ったのか、マリはおもむろに告白を始めた。

「さっきも見られちゃったみたいだし、真実を話しますね。わたし、『梅岩』の稔さんと付き合ってるんです。もう二年くらいになるかな。でも、うちの父と彼のお父さんの仲が悪すぎて、お互い親には言えずにいたんです。彼のお父さん……光太郎さんは、うちが潰れればいいのにって、いろんな人に吹聴《ふいちょう》してるみたいで……。

昨日見たのは、きっと『梅岩』のワゴン車です。わたしも何度か稔さんに乗せてもらったことがある、ボルボの〝ステーションワゴン〟。色はオフホワイト。今朝、うちのタレがなくなったって聞いたとき、光太郎さんの顔が浮かびました。まさか盗みに入ったの？　って。

そんなことないって信じてるけど、とっさに〝紺のワゴン車〟って言ったのは、父の疑いを『梅岩』から逸らしたかったからです。紺の車を持ってる『川串』さんには申し訳なかったけど、これ以上、うちと稔さんの親が険悪になるのだけは、どうしても避けたかった。だって……」

そこでマリは、苦しそうに目を伏せた。

「わたし、稔さんと結婚の約束してるんです。『タイミングを見て親に話す』って、彼も言ってくれてます。でもこのままじゃ、うちの親にも相手方にも反対されるに決まってる。それでさっき、稔さんに確認しようとしたんです。『消えたうちのタレについて何か知らない？　家族の中に、昨日の夜ワゴン車で出かけた人はいなかった？』って。もし何か知ってた場合は、『誰にも話さないでほしい。ふたりで相談して、どうにか穏便に済む方法がないか考えよう』って言うつもりだったんですけど……。

結局、何も訊けませんでした。疑ってるって思われたら嫌だなって、途中で考えちゃったんです。会社が休みだから、ちょっと顔を見に来ただけって、誤魔化《ごまか》しちゃいました。意気地なしですよね……。

だけど、万が一『梅岩』が盗難事件に関係しているのなら、結婚はきっぱり諦めるしかないかもしれない。それが悲しくてやるせなくて、今朝はすぐバレる嘘をつきました。本当に申し訳ないです」

うなだれたマリの肩が、やけに細く感じる。

まさに現代のロミオとジュリエットだ。何か力になりたくても、カエデにはどうすることもできない。

「マリさん、お気の毒だとは思いますが、嘘はいけませんね。他人を巻き込む嘘だけは絶対に駄目です。真相がどうであれ、あなたは受け止めなければなりません。私たちはこれから『梅岩』に行きます。そこでご主人の光太郎さんや息子さんたちを追及するつもりです。なくなったタレは、あなたのお父さんにとっての生命線だ。何がなんでも探し出したい。だから、あなたがた家族の中に、〝白っぽいステーションワゴン〟の目撃者がいたことも先方に伝えます。いいですね？」

警部の厳しい視線を真っ向から受け、彼女は小さく頷いた。

「わたしは家に戻って斗真さんの報告を待ちます。真相は探らないといけませんよね。父のためにも」

覚悟を決めたマリは、真っすぐ前を見て背筋を伸ばした。


村西光太郎が店主の鰻処『梅岩』は、一階に駐車場がある日本家屋風の店だった。趣《おもむき》のある石段を上ると二階に格子戸の入り口があり、板張りの廊下を歩いていくと、ガラス戸の外側にしつらえた枯山水が眺められる。客間は赤い絨毯《じゅうたん》敷きのレトロモダンな造りになっており、あちこちに日本画家の作品や季節の花が飾られている。

和洋折衷《わようせっちゅう》で高級感があって素敵。だけど、敷居も高そう……。

「なんか緊張しちゃいます。同じ鰻の蒲焼店でも『きよ八』とは違いますね。ランチはコースがメインだし、お値段もかなり高めです」

「こっちはハレの日を意識した店だからな。私もごくたまに会食で利用するくらいだ」

ふたりは二階の厨房に近い席に通されていた。ランチタイムぎりぎりで入店したため、すでに他の客は会計を済ませているが、空《から》の食器が残ったままのテーブルが点在している。

「ランチ営業が終わるまで、片づけで忙しいだろう。さっきは串焼きだけだったから、ここで鰻重を注文して尋問の機会を待とう。カエデ、まだイケるか？」

「警部、それは愚問ですよ。わたしの胃袋はブラックホールだって言ったの、警部じゃないですか」

「そうだった。串焼きだけで満たされる胃じゃないよな」

「ですです。まだまだイケます」

「いらっしゃいませ。ご注文はいかがなさいますか？」

着物姿の上品な高齢女性が、おしぼりとお茶を運んできた。

村西晴海《はるみ》、六十二歳。マリの母・道子と同い年の『梅岩』の女将《おかみ》だ。厨房では夫の光太郎、長男の亮と次男の稔を中心に、数名が腕を振るっているらしい。テーブルの片づけをしているのは、亮の妻・聖子《せいこ》とアルバイトの女性たち。誰もが清楚《せいそ》な着物姿だ。夫婦ふたりだけでコスパのいい極上鰻重を提供する『きよ八』とは、何もかもが正反対な店である。

「晴海さん、久留米です。お久しぶりです」

「まあ、斗真さん？　やだ、全然わからなかった。しばらくお見かけしないうちに、ご立派になられて。久留米の旦那様や奥様には、よくお越しいただいてるんですよ」

「そうですか。いつもお世話になってます」

今のやり取りで、警部がここをあまり利用しない理由がわかった気がした。彼の両親が懇意《こんい》にしている店だからだ。自分とバッティングしないように避けているのだ、きっと。

「この数量限定の特選鰻重ランチコースって、まだありますか？」

メニューを指差した警部に、晴海は「申し訳ありません」と告げた。

「特選は売り切れなんです。実は、ランチの鰻重は早くに売り切れることが多いんですよ。本日はほかのコースならご用意できますので、来ていただいてよかったです」

「では、前菜とデザート付きのコースを。カエデはどうする？」

「同じでいいです」

「わかった。晴海さん、竹コースをふたつお願いします。飲み物はお茶で結構です。まだ仕事中なので」

「かしこまりました」

晴海が厨房に向かうや否や、カエデは警部にささやいた。

「あの、ここでも鰻重が出てくるのを待ち続けるんですか？」

「いや、さほど待たされない。白焼きまで下ごしらえしてある鰻を、蒸してタレ焼きにするだけだからだ。規模の大きな店では、そうやって調理時間を短縮する場合が多い。むしろ、捌くところから始める昔ながらの鰻屋は、今や貴重な存在なんだ」

「……そっか。だからこそ、『きよ八』は警部のような食通の支持を集めるんですね。で、そんな古風なやり方を貫く小さな店は、近代化した方法で味を極めようとする大規模店からすると、存在自体が邪魔で仕方がない。いわば、〝江戸から続く粋《いき》〟と〝現代ならではの極《きわみ》〟との戦いです。圭介さんと光太郎さんの仲の悪さは、単なる商売敵の個人的な怨恨《えんこん》だけじゃないのかもですね」

思いつきを一気にしゃべったら、警部はメガネの奥で目を丸くした。

「すごいな。そんな考察までするようになったのか。その側面もあると私も考えていた。カエデもなかなかやるようになったな」

「ありがとうございます！　警部のお供で勉強させてもらってます」

褒《ほ》められて伸びるタイプだと自負しているカエデは、うれしさで緩む口元を隠すために香り高い煎茶をすすった。

「カエデ、この先の行動を話しておく」

「はい」

「さっき駐車場でこの店のステーションワゴンを確認して、ナンバーも控えた。街頭の監視カメラに同じ車が映っていれば、この店が事件と関わりがあると証明される。圭介さんが被害届を出してくれたら、捜査されて事件解決になるだろうが、問題はタレの安否だ。今どこにあるのか、すでに破棄《はき》されていたりしないか。正直言うと、私は犯人確保よりタレの保護を優先したい。だから、なるべく穏便に容疑者と話を……」

「警部、女将がこっちに来ます」

足音も立てずに静々と、晴海がいくつもの小皿が載った漆塗りの盆を運んできた。

「こちら、本日の前菜でございます。あん肝の煮凝《にこご》り、麦イカのうま煮、白魚と生ワカメの酢の物。小さなガラスの器は、鰻入り冷製茶碗蒸しです。ただ今、鰻重の準備をしておりますので、少々お待ちくださいね」

わあ、さすが高級店。前菜からして豪華で盛りつけもキレイ！

「じゃあ、いただきますね。まずはあん肝の煮凝りから。――うー、あん肝のコクと出汁《だし》が利いてて、めっちゃ美味しい！」

カエデが繊細な味つけの前菜を堪能《たんのう》していたら、厨房から高級店にあるまじき野太い声が聞こえてきた。

「なんだこれは！　亮、何をしたんだっ？」

「た、樽《たる》から小分けしただけなんだけど……」

「こんなもん使えないだろう！」

それを聞いた晴海が、「失礼、お気になさらないでください」と言い残し、急ぎ足で厨房に入っていく。

「警部、今のは……？」

「光太郎さんと長男の声だな。中で何かあったようだ」

グルメ警部はすっくと立ち上がり、厨房の入り口で止まった。

「ん？　これは……」

しきりに鼻を動かしている。厨房の中から漏れてくる、何かの匂いをかいでいるようだ。

「あの、斗真さん」と、晴海があわてて顔を出した。

「すみません、厨房で少しトラブルがありまして、鰻を焼き直すことになりました。なので、もうしばらくお時間をいただきますが、よろしいでしょうか？」

「いや、焼き直さなくて結構。さっき焼いていた鰻を出してください。今すぐに」

礼儀正しい警部には珍しく、口調が荒々しい。

「そんな、ご無理を言われても……」

「なぜ無理なんです？　つけ焼きした鰻に問題があったからですか？」

「こちらのミスですので、お代は半額にさせていただきます。どうか席でお待ちください」

入り口で立ちはだかる晴海の横から、警部が厨房に向かって大声を発した。

「私には何が問題なのかわかっています。この香りは『梅岩』のタレじゃない。盗まれた『きよ八』のタレだ！」


それからグルメ警部はカエデと共に厨房の中に突入し、『きよ八』から依頼された盗難事件の捜査で訪れたことを、一同に明かした。

「斗真くん、言いがかりは迷惑なんだよ。営業妨害はやめてくれ」

腕を組んだ作務衣《さむえ》姿の店主・光太郎が、鋭い眼光で警部を睨《にら》みつけている。昨夜、圭介と言い合っていた彼は、七十一歳とは思えないほどかくしゃくとした白髪の老人だ。

そんな光太郎の奥で、縮こまるようにしている痩せた男性が長男の亮。彼は母の晴海に似ている。公園で見かけた次男の稔は、切れ長の目が父親似のようだ。ふたりとも父と同じ作務衣を着ている。

　他の従業員には出ていってもらったので、この場には父の光太郎、息子の亮と稔、亮の妻・聖子と、村西一家だけが残っていた。母の晴海は仕事の電話が入ったため、あとから参加するとのことだった。

「光太郎さん、大変申し訳ないのですが、ご協力をお願いします。まずは、ここでトラブルが起きた際の状況を説明してください。亮さん、あなたがミスをされたんですよね？」

「は、はい。うちは、そこにある樽の中にタレの壺を入れて保管して、小分けにして使うんです」

　亮の視線の先に、中くらいの木樽がふたつ並んでいる。

「自分の鍋のタレがなくなったので、壺のタレを足そうとしました。普段は右の樽にしか壺は入ってないんですけど、今日は予備で置いてある左の樽にもタレ入りの茶色い壺が入ってたんです」

「左右に並ぶ木樽の右側が、いつもタレの壺を入れてある樽。左側はあくまでも予備で、普段は何も入っていないってことですね？」

「そうです。今日は父が多めに継ぎ足して、ふたつの壺にタレを分けておいたのかと思いました。丁度父が席を外していたので、その壺のタレを焼きで使ったら、いつもとは違う香りがして……」

「だから、戻ったワシがコイツに怒鳴ったんだよ。『なんだこれは！　こんなもん使えないだろう！』って。で、うちのタレで焼き直そうとしたら、あんたらが乗り込んできたってわけだ。あのタレが『きよ八』のもんで壺ごと盗まれたって？　そんなこと知るかってんだ！　まさか、うちの誰かが盗んだとでも言いたいのか？」

凄みのある言い方をされて、カエデは仁俠《にんきよう》映画で活躍していたコワモテ俳優を思い出してしまった。

「昨日の夜十一時半頃、『きよ八』の二階から〝白っぽいボルボのステーションワゴン〟らしき車が発進するのを見た人がいるんです。こちらの駐車場にも、同じ車種でオフホワイトの車が駐車されています。あれは皆さんが使用される車ですよね？　調べればすぐにわかることですが」

「だからなんだってんだ。それだけで盗みの証拠になるってか？」

「ほかにもありますよ。街頭の監視カメラをチェックすれば、車両ナンバーやどなたが運転されていたのか判明します。その人が『きよ八』に入っていく姿も映っている可能性が高い。立派な証拠になります」

「おいっ！」

いきなり光太郎が、ふたりの息子と長男の妻を睨みつけた。

「昨日の十一時半に車を運転したヤツは手を挙げろ！　あんなちんけな店のタレを盗むなんざ、『梅岩』の恥だ！　ワシは許さんぞ！」

するど三人とも、同じように首を横に振る。

「十一時頃はうちでサッカー中継を観てたじゃないか。日本対ポルトガル戦。父さんも兄さんも一緒に」

真っ先に言い出したのは、マリの恋人の稔だった。

「そうだった。父さん、稔、それから聖子もいたよな？」

「いたよ。私、サッカー好きだから。あなたも稔くんも試合に夢中だった」

「聖子姉さんも、日本が点を入れるたびに騒いでたよね」

「まさか延長でＰＫ戦になるなんてね。お陰で寝不足になっちゃった」

「その試合を観終わってから、僕と聖子は離れの住まいに戻った。車はここの駐車場に停めてあって、鍵は母屋の玄関に置いてある。うちから店まで徒歩十分はかかるし、十一時半に車に乗った人なんていないはずだ」

息子たちの証言に、光太郎が満足そうに頷く。

「この通り、我々にはアリバイがあるんだよ。監視カメラとやらを調べてみたって、映ってるのはうちの車じゃねえわ。なんで紛れ込んだのかわからんがタレは返すから、とっとと帰ってくれ」

「……ちょっと待ってください」

カエデはつい、口を挟んでしまった。村西家の四人が一斉に視線を向けてくる。

「今のお話には、お母様の晴海さんが出てきませんでした。晴海さんも一緒にサッカーを観ていらしたんですか？」

するど、四人は顔を見合わせた。

「母さん、いたっけ？」と稔が首を傾げ、「台所にいたんじゃないか。洗い物するって言ってたし」と亮が自信なさげに答え、聖子が「そうだね、きっと」と続ける。

「そうだ、あいつは洗い物をしてたんだ。それから風呂に入って、浴室の掃除をしてから出てきた。リビングにはいなかったが、うちにいたのは間違いない」

言葉とは裏腹に、光太郎の表情は不安気だった。

「肝心の晴海さんが、まだいらっしゃっていませんね。カエデ、店内を見てきてくれないか？」

「はい！」と勢いよく飛び出し、隅々まで見て回ったが、晴海の姿はどこにもない。すぐに戻って報告すると、警部は瞬時に眉をひそめた。

「一体、どちらに行かれたのでしょう？」

「買い物にでも行ったんだろう。斗真くん、いい加減にしてくれ。タレに味の変化はないはずだ。早く『きよ八』に戻してくれよ」

うんざりとした声の光太郎。だが、警部はメガネを押さえて何かを考え続けている。

「……晴海さんは台所で洗い物をすると言った。同時刻に、同じく台所で洗い物をしていたのは……」

そのとき、格子戸がガラリと音を立て、ひとりの女性が走り込んできた。

「道子さん！」と警部が叫ぶ。

『きよ八』の道子だ。なぜか、今にも泣き出しそうな表情をしている。後ろには、先ほどから姿が見えなかった晴海もいる。

「斗真さん、あれからうちの人、寝込んじゃったの」

「圭介さんが？」

「持病の腰椎椎間板《ようついついかんばん》ヘルニアが悪化して、動けなくなっちゃってね。手術しないとダメみたい。今はマリが付き添ってるし、晴海さんからうちのタレが見つかったって連絡もあったから、本当のことを話しに来ました」

「それは、タレの壺を盗んだのがあなたで、協力者が晴海さんだったってことですか？」

その途端、道子と晴海がハッと息を呑む。他の誰もが驚愕《きょうがく》で目を見開いている。

「盗んだのは道子さん？　警部、どういうことですか？」

首を捻るカエデの横で、グルメ警部は柔らかな眼差しを道子に注いだ。

「すべてはご主人の圭介さんのためだった。そうですよね？」

「……ええ。皆さんを巻き込んじゃって、本当に申し訳ないです」

茫然《ぼうぜん》とする一同を前に、道子は深々と腰を折ったのだった。

❖

「昨日の夜十一時半頃、道子さんは晴海さんに頼んで、『きよ八』のタレをここの厨房に運んでもらった。お互い、家族には『台所で洗い物をする』と言って、密《ひそ》かに行動したのでしょう。道子さんは裏口の鍵もわざと開けっぱなしにして、誰かが侵入したかのように装った。

だが、晴海さんが乗ってきたステーションワゴンの音を、圭介さんが聞いていた。娘のマリさんは車体も目撃してしまった。そして、圭介さんは私に捜査を頼んでしまいました。さらに、晴海さんは予備だった空樽に壺を隠したのに、長男の亮さんが樽を開けて『きよ八』のタレを使ってしまった。道子さんにとっては、誤算だらけだったのではないですか？」

グルメ警部が問いかけると、「あたしが杜撰《ずさん》すぎたのよ。慣れないことなんてするもんじゃないわね」と道子がつぶやき、晴海も無言で頷く。

「おい、なんで晴海が協力したんだ？　こんなことしてバレたらどうなるのか、想像くらいできるだろう！」

怒りを隠せない光太郎を、晴海は悲しそうに見つめた。

「想像できましたよ。道子さんのお気持ちが想像できたから、力をお貸ししたんです」

「意味がわからん。ちゃんと説明しろ！」

「光太郎さん、落ち着いてください。順を追って話を整理しましょう。まずは、私の推測から話させてください。どうかお願いします」

警部があいだに入り、光太郎は渋々《しぶしぶ》黙り込む。

「道子さんは昨夜食事に行った私に、『うちの人ももう歳だから、いつまで続けられるかわからない』と言いました。今朝、事件の相談を受けに伺ったときは、圭介さんの背中や腰をしきりにさすっていた。つまり、ご主人の持病の悪化を知っていたんですね。腰椎椎間板ヘルニアを我慢して立ち仕事を続けると、痛みのせいで歩行が不可能になるケースもあります。

もしかしたらですが、道子さんは仕事を休むように、圭介さんを説得していたのではないですか？　それでも埒《らち》が明かなかったから、強制的に店が続けられないようにした。私はそう思ったのですが……」

「斗真さん、何もかも気づいてたのね」

寂し気に瞳を揺らしながら、道子はすべてを打ち明けた。

「あの人は、先代のお義父《とう》さんから受け継いだ店を守るのに必死だった。懇意にしてくださるお客さんたちを何よりも大事にしてた。うちには跡取りがいないから、自分の目が黒いうちは何があっても店をやるつもりでいたんでしょう。日に日に痛みが酷《ひど》くなってるのに、誰にも言わずに厨房に立ち続けて。あたしにすら内緒にして、こっそり病院に通ってたの。

あたしが気づいたときはかなり悪化してて、強い鎮痛剤で誤魔化してたわ。お医者さんからも何度か手術を勧められたのに、店を休みたくないって言い張ってね。『このままじゃ立つことすらできなくなるわよ』って脅しても、『そしたら特製の車椅子を作って鰻を焼く』って言い返されて。ホント、頑固者で困っちゃうわよね」

カエデはショックで言葉を失っていた。あの美味しい鰻重の陰には、腰の痛みを耐え抜いて踏ん張っていた、気高き料理人の努力があったのだ。何も知らずによろこんでいた自分が情けなくなってくる。

「あたしは店も大事だけど、それ以上にあの人が大事。立ち仕事なんてもう辞めさせたかった。ちゃんと治療して静養させたかったの。大した額じゃないけど貯金も年金もあるし、娘も働いてるから、看板を下ろしたってなんとでもなると思ってた。だけど、何を言っても必死に頼んでも、あの人は首を縦に振らなかった。それで、仕事が続けられなくなる計画を思いついたのよ。タレをうちから消してしまえばいいって」

その誰もが微動だにせず、ひたすら道子の告白に集中している。

「盗まれたことにすれば、店を諦めてくれると思った。でも、あの人が何十年も継ぎ足して守り続けてきたタレ。捨ててしまうなんて到底できない。でね、どこかで保管できないか考えたの。もし、治療に専念して完治できたら、また使う日が来るかもしれないから。だけど問題は、保管方法と場所だった。

……タレってね、焼いた鰻を何度もつけ込むから、自然に低温殺菌されるの。うちはそこに継ぎ足しをして、週に一回は火入れをする。そうしないと使いものにならなくなっちゃうのよ。冷凍保存には限度があるし、味も落ちちゃうからね。それを理解して、タレに手を入れて保管できるのは同業者しかいない。そう言ってくれたのが、晴海さんだったの」

「そうです。わたしが厨房に壺を隠して、定期的に継ぎ足しして火入れをするつもりでした。継ぎ足しのレシピも道子さんからもらってます。『きよ八』さんがまたタレを必要とする日が来るまで、どうにか協力したかった。わたしが道子さんの立場だったら、同じように考えたかもしれないから」

きっぱりと言い切った晴海に、光太郎が嚙みついた。

「お前、なに勝手に決めてんだよ！　ワシに内緒でそんなこと……」

「お父さんに相談したって絶対に許さないでしょ。ライバル店のためにタレを保管するなんて、まっぴらだって言うに決まってる。内緒でやるしかないって思ってたんです。壺の隠し場所、別のところにすればよかった。まさか亮が左の樽を開けるなんて……」

「ふざけんなっ！」

怒号が響き、カエデは思わず肩をすくめてしまった。

「もういい。お前はもう二度と『きよ八』の壺に触れるんじゃない」

光太郎は素早く左の木樽に近寄って蓋を開け、中から茶色の壺を取り出した。それを抱えて洗い場のほうに歩み寄っていく。

まさか、タレを流しに捨てるつもりなの？

「ちょっと、お父さん！　それは大事な預かり物なんです！　なくなったら二度と作れない味だって、お父さんが一番わかってるでしょう。お願いだから変な気を起こさないで！」

「光太郎さん、ご迷惑をかけてすみません！　お詫びなら何でもします。でも、そのタレだけは勘弁してください！」

「私からも頼みます。それは圭介さんの宝なんですよ！」

悲鳴のような晴海と道子、グルメ警部の声に、別の声が追随《ついずい》した。

「父さん、マジでやめてくれよ。そのタレをどうにかするつもりなら、本気で父さんのこと軽蔑《けいべつ》するからね」

稔だ。恋人のマリと、彼女の両親を想っての発言だろう。

「うるさい！　どいつもこいつもワシを馬鹿にしおって。軽蔑でもなんでもしろってんだ」

光太郎は洗い場を通り過ぎ、コンロに置いた鍋に壺の中身を注いだ。

スプーンでタレの味を見てからコンロに火を点け、お玉でタレをゆっくりとかき混ぜていく。

誰もが呆気《あっけ》に取られて、光太郎を見つめていた。

「——火入れってのはな、ただあっためるだけじゃねえのさ。鰻をつけたときに炭なんかのカスが入るだろ。それをこうやって丁寧に取り除く。煮詰まると味が変わっちまうから、火加減にも注意が必要なんだ」

なんと、彼はライバル店のタレに火入れをしようとしていたのだった。

さすがはプロ。慣れた手つきで、丁寧に大切そうにタレを扱っている。

「お父さん……」

晴海はすでに、涙声になっていた。

「あのなあ晴海。いつもうちで見てるから、自分が保管できると思ったんだろ。そんなのおこがましいんだよ。継ぎ足しだって、いくらレシピがあっても同じ味を保つのは至難の業《わざ》だ。営業中にくぐらせる蒲焼の脂や旨みが染みていくからこそ、その店だけの味になるんだからな。晴海じゃ無理だよ。むろんワシにだって無理だ。『きよ八』の火が途絶えた時点で、この秘伝のタレも途絶えてしまう運命なのさ。だからこそ、圭介は店を畳めなかったんだ」

「そんな……。お父さん、なんとかできないんですか？」

妻の問いかけには答えずに光太郎はコンロの火を止め、茶色い壺を洗って布巾《ふきん》で拭いてから、その壺に火入れしたタレを戻した。

「そりゃあワシだって何かしてやりたいよ。なんだかんだ言っても、伝統を守るあの店の姿勢には学ぶべきところがあるからな。代々の味を絶えさせたくないって気持ちも理解できる。だけど、無理なもんは無理だ。道子さんだって、自分がどれだけ無茶をしてるのか、わかってるんじゃないですか？」

意外なほどやさしく声をかけられて、道子はがっくりと肩を落とした。

「……ですよね。本当は心のどこかで諦めてました。晴海さんのご厚意に甘えようとしてただけ。勝手ばかり言って申し訳ありません。いろいろとありがとうございました。とりあえず、このタレは持って帰りますね。うちの人には本当のことを話します」

「まだ熱いからもう少し待ったほうがいい。稔、冷めたら車で送って差し上げなさい」

父親に言われて頷いた稔が、悔しそうに顔をゆがめている。何もできない自分自身に腹を立てているかのように。

誰もが何も言えずにいると、グルメ警部が穏やかな表情で話し始めた。

「どんなに仲のいい家族だって、隠し事のひとつくらいあるでしょう。だけど、相手を想うがあまりついた嘘や隠し事が、問題をややこしくしてしまう場合も往々にしてある。今回がまさにそうです。余計な意見かもしれませんけど、この際に今まで黙っていたことを、すべて明かしてしまってはいかがですか？　それによって、問題解決の糸口が見つかるかもしれません」

警部は稔をじっと見つめている。

そっか、ロミオとジュリエットだ！　警部はマリさんとのことを言っているんだ。稔さん、道子さんもいる今がチャンスですよ。マリさんだって、稔さんが結婚話を言い出すのを待ってるんだから！

カエデは稔のそばに近づき、心中でエールを送った。

「なんだ晴海、まだ隠してることがあるのか？　もう怒ったりしないから早く言いなさい」

「いいえ、わたしにはもう……」

「隠し事があるのは僕だよ」

稔が一歩前に足を踏み出す。

それを見た光太郎が、なぜかほんの少しだけ口角を上げた。

「父さん、母さん、それから道子さん。今まで黙ってたけど、僕、マリさんと付き合ってます。結婚するつもりです」

小さなどよめきが走り、稔に全視線が集まる。

「さっき考えたんです。僕が『きよ八』の婿養子になって、跡継ぎになったらどうかなって。うちの店は兄さんが継ぐしほかにも料理人はいる。今すぐ僕があっちの店に移れば、圭介さんの静養中も秘伝のタレを守っていけるかもしれない。いや、守ります。だから、マリさんとの結婚を承諾《しょうだく》してください。よろしくお願いします」

堂々と言い切った彼の目元には、固い決意が滲んでいた。

❖

およそ一カ月後。再び『きよ八』をグルメ警部と共に訪れたカエデは、テーブル席で鰻重を待ちながら、カウンター内の圭介とその前に立つ光太郎とのやり取りを、微笑ましく眺めていた。

「なんだよ、前よりピンピンしてるじゃねえか。くたばっちまうと思ってたから、仕方なくうちの稔を婿養子にしてやったのに」

「お生憎様《あいにくさま》。レーザー手術であっという間に復活したわ。まだリハビリ中だけどな」

「こりゃアレかい？　ワシはひと芝居打たれたのか？　本当は腰なんか悪くなかったんじゃないか？」

「うるさいよ。仕事の邪魔しないでくれ。稔も嫌がってるだろ。素直で飲み込みも早い優秀な料理人だ。頑固なお前さんに似ないでよかったよ」

「頑固はお互い様だろう。それに、誰が稔を仕込んだと思ってんだよ。少しは感謝しろってんだ」

「へいへい、感謝してるから帰ってくれ。休みの度に冷やかしに来やがって。いい加減にやめとくれよ」

「稔がいなかったら寄ったりしねえよ、こんなちんけな店。じゃあ、道子さん、また来るわ」

ない。

「はーい、お待ちしてます」

「だからもう来んなって言ってんだよ」

憎まれ口を叩き合いながらも、どこか楽しそうな圭介と光太郎。周囲には犬猿の仲だと思われていたけど、実は密かにお互いを認め合ういい関係だったのかもしれない。

光太郎が立ち去って、満席の店内を客たちのざわめきが包む。

カウンターの圭介の横では、稔が黙々と鰻を焼いている。道子は忙しそうに動き回っている。

「雨降って地固まる、ですね。きっかけは道子さんと晴海さんが決行したタレの盗難事件。道子さんたち、高校の同級生だったらしいですね。だから、危険を承知で晴海さんは協力を買って出た。女同士の友情、美しいなあ。圭介さんと光太郎さん、料理人同士の思いやりもステキだけど、ふたりともべらんめえで真意がわかりにくいんですよね。特に光太郎さん」

カエデが何気なくつぶやくと、警部はフッと視線を遠くにやった。

「……きっと光太郎さんは、気づいてたんだよ」

「気づいてた？　ナニを？」

「次男とライバル店のひとり娘が付き合っていたこと。いつ稔さんが結婚を言い出すのか、待ってたんだと思う」

「え？」

「だからあのとき光太郎さんは、『きよ八』のタレに火入れをした。稔さんが婿養子になったら、大事に守っていくことになるタレ。一度だけ手を入れてやったのは、村西家から出ていくであろう息子への、父親からのはなむけだった。……なんて、これは私の単なる想像だけどな」

「そういえば、稔さんがマリさんとのことを打ち明けようとしたとき、光太郎さん、ちょっとだけ笑ったように見えたんです。あれは、稔さんの決断を応援するつもりだったから、なのかな……？」

するとく、警部は満ち足りたような笑みを浮かべた。

「真相はわからないけど、私としては個人的に捜査した甲斐が十分あった。これで確保した店の鰻重が、ずっと食べられるんだから」

グルメ警部らしい言葉を聞いて、カエデの心も満たされていく。

「ホントそうですね。今回もまた、勉強になっちゃいました」

見た目や言葉だけでは、その人の内面なんて計り知れない。きっと先入観ってやつは、自分の感覚を鈍らせるだけなんだ。――そう思えるようになっただけでも、ほんの少し大人に近づけたのかもしれない。

「……ところで警部」

「ん？」

「前にデパートの外商サロンで買い物してたじゃないですか。あれって、キドニーパイの作り手さんへのプレゼントだったんじゃないですか？　何を買ったのか気になります」

間もなく母の日。警部がアリスに何を渡そうとしているのか、カエデは興味津々だった。まったくもって余計なお世話なのだけど。

しかし警部は、なぜか照れくさそうに言った。

「それは秘密だ。もうすぐ完成するから、政恵さん経由で渡してもらう。お、我々の鰻重ができ上がったみたいだぞ」

完成する？　ってことは、手作りする贈り物の材料を買ったってこと？　警部が何かを作ってるなんて、ますます気になる！

「お待たせしました。うちの跡取り息子が焼いた鰻重。このあいだのお礼に無料サービスしちゃうわね」

幸せそうな道子の笑顔と、たまらなく美味しそうな鰻重を前に、カエデの好奇心は食い気へと完全シフトしたのだった。

3

失踪事件はランチ会のあとで

瀟洒《しょうしゃ》なビルの一階にある有名フレンチレストラン『マダム・モナリザ』。

広々とした店内は優美なフランスの絵画やステンドグラスで彩られ、各テーブル席のあいだもゆったりととられている。恵比寿《えびす》駅からほど近くでありながら、喧騒《けんそう》とは無縁のエレガントな空間だ。平日のランチタイムの今は、着飾った奥様方のグループが多くの席を占拠している。

グルメ警部とカエデがギャルソンに通されたのは、店の奥にある半個室のテーブルだった。三十代半ばの小ぎれいな女性たち四人が、すでにシャンパンに薔薇《ばら》の花ビラを入れた食前酒を飲んでいる。まだ正午前なのにシャンパンとは、なんとも贅沢《ぜいたく》でため息が出そうだ。

彼女たちは、定期的にランチ会を開催している奥様仲間。全員まだ子どもがいないため、月に二回のペースで高級ランチを楽しんでいるらしい。

「皆さん、お待たせしてすみません。お招きいただいた久留米斗真《くるめとうま》です。こちらは助手の……」

「燕《つばめ》カエデです。初めまして」

何度来ても緊張してしまうフレンチレストラン。しかも、いかにもリッチそうな奥様たちに見上げられて、ますます肩に力が入ってしまう。

「どうぞどうぞ、お座りになって。今日のランチ会を主催した新堂愛《しんどうあい》です。おふたりの分もコースを注文してあるの。食前酒はいかが？」

　鮮やかなグリーンのワンピースにプラチナのブレスレットを光らせたベリーショートの新堂愛が、愛想よく手招きしてくれた。

「では、失礼して。私は皆さんと同じものを。カエデにはノンアルコールの白ワインをお願いします」

　警部とカエデが席に着くと、「かしこまりました」と後ろに控えていたギャルソンが答えた。

「今日はお世話になっている久留米絹子《きぬこ》さんにお願いして、ご子息で警視庁の警部・久留米斗真さんと助手のカエデさんにお越しいただきました。まずはランチ会のメンバーをご紹介するわね。こちら、〝国営放送局〟経済番組プロデューサーの奥様で花園育子《はなぞのいくこ》さん」

「花園です。わたしは主人と違って経済オンチなんですけど、美味《おい》しいお店の取材をするのは得意なんですよ。インスタにグルメ記事を上げてるので、よかったら見てくださいね」

　ストライプのシャープなスーツを着こなした花園育子が、ボブヘアの片側を耳にかけて微笑《ほほえ》んだ。

「そうそう、ワタシたち全員、インスタにグルメ記事を上げるのが趣味なの。それで繋がってランチ会を始めたんですよ。中でも熱心にアップされてるのが育子さんで……って、これは余談だったわね。で、育子さんのお隣は、〝某有名タレント〟さんの奥様・鈴本京華《すずもときようか》さん。タレント名は……ああ、これも余談だわね」

「そうね、今回の件とは関係ないから。今日は、まさか警察の方とご一緒できるなんて、ここに来るまで知らなかったから驚きました。よろしくお願いします」

鈴本京華は白いレースのブラウスと水色のフレアスカート、腰まであるロングヘアが印象的な、清楚《せいそ》な雰囲気の人だ。

「こちらは滝川《たきがわ》エリナさん。旦那様が〝外資系証券会社ホールドマン〟でディーラーをされてるの」

「あたしも結婚前はホールドマンにいて、FX専門のトレーダーだったのよ。今日はよろしくね」

オレンジ色のミニワンピースが似合うスタイル抜群の滝川エリナ。毛先を遊ばせた艶《つや》やかな髪といい、モデルのような雰囲気がある。

「そしてワタシは、夫が経営する〝ネットカフェチェーン店・モニカ〟の仕事を手伝ってます。手伝ってるって言っても、ほとんど形だけなんだけどね」

新堂愛が口元に手をやり、腕のブレスレットを揺らす。左手の薬指にもプラチナの太い指輪が光っている。

四人ともメイクは濃いめで美しくネイルを施している。それぞれが立派な肩書の夫を持つ、プチセレブと言ったところか。

「皆さん、よろしくお願いします。それで早速ですが、失踪《しっそう》された女性というのは、どなたなんですか？」

グルメ警部のストレートな言葉に、奥様方がピクリと反応する。

そう、ここに呼ばれた理由は、「ランチ仲間のひとりが行方知れずになったため、警部に個人捜査を頼みたい」と愛が言い出したからだった。

「ちょっとお待ちになって。斗真さんたちの飲み物とアミューズが来たから、まずは乾杯しましょう」

愛が言うと、ワゴンで飲み物と料理を運んできたギャルソンが、それを素早くテーブルに置いて回った。

「本日のアミューズです。白玉の中にサフラン風味のシーフードを入れて、キャビアをまぶしました。串のまま手でお召し上がりください」

小さめのワイングラスに麦穂《むぎほ》が半分ほど敷き詰められ、その中からふたつの串が突き出ている。串の先にはひと口サイズの白玉団子。キャビアの黒い粒々が高級感を醸し出している。

ステキね、個性的だわ、などと口々に言いながら、奥様方は料理をスマホで撮影した。「では」と、愛がグラスを掲げる。

「今日は集まってくださり、ありがとうございます。乾杯！」

カエデは一同と軽く乾杯してから、珍しい形態のアミューズをマルっと口に入れて嚙《か》んでみた。

ぐぅう、こんなの初めてだ。ぷるぷるの白玉の中から、海老、蟹《かに》、貝などの海の幸と、サフランが香る熱々のスープが溢《あふ》れてくる。そこに加わるキャビアの塩味とプチプチ感が、さらに美味しさを引き立てる。濃厚なブイヤベースを小さな団子に封じ込めたような、とてつもなく豪華なのに素朴さも感じる不思議な逸品《いっぴん》だ。

「さすがミシュランの星付きフレンチ店。独創的な発想のアミューズからして素晴らしいですね。ゆっくり食事を楽しみたいところですが、私は単なるゲストではない。お仲間の失踪事件を調べるために呼ばれたのですからね。愛さん、詳しく経緯を話してください。参考までに、会話は録音させていただきます」

テーブルにボイスレコーダーを置いた警部に、依頼主の愛が事情を語り出した。

「ワタシたちにはもうひとり、同世代のランチ仲間がいるんです。旦那様が〝大手監査法人トータス〟で公認会計士をされてる、海老沢茜《えびさわあかね》さん。たまプラーザにあるうちの近所にお住まいなんですけど、おふたりで我が家にお茶しに来てくれたこともある、仲の良いご夫婦だったんですよ。

なのに五日前の金曜の夜、海老沢さんが血相を変えて訪ねてきたんです。『帰宅したら茜がいなかった。サインした離婚届を置いて出てってしまったようだ。彼女の家族や知人に連絡したけど誰も何も知らないらしくて、自分もなんでこうなったのか見当もつかない。何か知ってたら教えてほしい』って。ワタシも寝耳に水で、すぐ茜さんに電話してメールもしてたんだけど応じてくれませんでした。それ以来ずっと、茜さんは行方知れずのままなんです……」

愛が悩まし気にため息をつく。

「わたしたちにも愛さんからすぐに連絡があったんだけど、まさに青天の霹靂《へきれき》って感じで驚いてるんです。ねえ？」

経済番組プロデューサー夫人の育子が、両隣を交互に見た。

ろ？」

「ホントびっくり。茜ちゃんは愛ちゃんが連れてきてくれたメンバーなんだけど、大阪出身ですごく明るい人なの。天真爛漫《てんしんらんまん》で人柄も良くて、旦那さんともすごく仲が良さそうだった。離婚の気配なんて一切なかったのに、一体何があったんだろ？」

夫が外資系証券会社ディーラーのエリナも、不思議そうに瞬《まばた》きをする。

「きっと、私たちには言えないことがあったんでしょうね……。茜さん、今どこにいるのかしら？」

有名タレントの妻である京華は、心配そうに眉間《みけん》を押さえている。

サインをした離婚届を置いて、突然失踪した公認会計士の妻。どんな事情や秘密が隠されているのか、カエデなりに想像しようとしたのだが、テーブルの上が気になってなかなか集中できない。

各自の前には前菜の皿が置かれ、〝新玉ネギのロースト・桜エビと共に〟と〝花ズッキーニのフリット〟が、絵画のように麗《うるわ》しく盛りつけられている。店の焼き印が入ったライ麦パンと発酵《はっこう》バター、前菜に合わせたワイン（カエデはノンアル）のグラスもセットされており、それぞれの胃袋に収まるのを待っているのだが、誰も手をつけずにいる。奥様方は、写真だけは撮っていたのだけれど。

「なるほど。お話の途中ですが、せっかくのお料理ですので、いただきながら質問させてもらってよろしいでしょうか？」

「そうですね。冷めないうちに食べましょう」

グルメ警部のひと声で愛がカトラリーを手にした。すかさずカエデも前菜とパンにありつく。

わあ、新玉ネギのロースト、甘くてトロットロ。上に載った桜エビの素揚げと一緒に食べると、濃厚なエビの香りとカリカリの食感がいいアクセントになってくれる。

こっちは、カットしたら肉厚な花ズッキーニからふわりと湯気が立つ、サクサクでジューシーなフリット。中から刻んだオリーブ入りのモッツァレラチーズがとろけてくる。添えられた香草クリームソースがまた美味しい！　お代わりしたくなっちゃう。

冷めても美味なライ麦パンは、皮がパリパリで中はもっちり。そのままでも十分だけど、コクとほのかな酸味が特色の発酵バターを塗ると……。

マズい。美味しすぎて一気にパンを食べちゃった。

あ、ギャルソンが近くにいる。パンの追加、二個くらい頼んじゃおうかな。クリームソースもパンに合いそうだし……。

せっせと味わっているカエデの横で、グルメ警部が一同に話しかける。

「それで、茜さんに何があってどこに行ったのか、皆さんには心当たりがないわけですね？」

「それがね、斗真さん。うちに海老沢さんが来た翌朝に、仕事で遠出してた夫が帰宅したんだけど、五日前の午後、茜さんを見かけたらしいんですよ」

愛が証言した途端、ええ？　と他のメンバー全員から声が上がった。

どうやら誰も愛から、詳しい話を聞いてなかったようだ。

「五日前って、茜ちゃんが家から出てった日でしょ？　愛ちゃんの旦那さん、どこで見たの？」

興奮気味のエリナが身を乗り出している。

「実は、夫が経営するネットカフェの溝《みぞ》の口《くち》店なの。ペアシートのカップルルームがいくつかあるんだけど、その中のひと部屋。夫がたまたま仕事で寄ったとき、個室の中から茜さんの声が聞こえたって言うのよ。しかもそれが、意味不明な謎の言葉だったんですって」

「謎の言葉？」と警部も愛を凝視《ぎょうし》する。

「そう。茜さん、切羽詰まった感じで叫んでいたらしいの。『またおしょうが来る！』って」

——また〝おしょう〟が来る？

おしょうってお寺の和尚《おしょう》さんのこと？　離婚したいってことは茜さんに新しいお相手がいて、それが和尚さんなのかな？　それとも、「餃子の王将」のおうしょう？　……なわけないか。

とりとめのない思考をまとめられず、カエデは首を傾《かし》げる。

「またおしょうが来る、ですか。確かに意味がわからないですね。その茜さんらしき声を聞いてから、旦那さんはどうされたのですか？」

警部が問いかけ、愛は勢いよく続きを話し出す。

「夫が個室を気にしてたら、扉から茜さんが顔を出したそうなの。ドリンクを取りに行こうとしてたみたい。その時点では茜さんの家出を知らなかった夫は、気軽に声をかけた。だけど、『ここにいたってうちの人には絶対に言わないでほしい』って夫に頼んで、茜さんは扉を閉めた。そのとき彼女はひとりではなかった。夫はもうひとりの靴を見たらしいのよ」

「なるほどねー」と即座に反応したのは、モデル風のエリナだ。

「カップル用の個室にもうひとりの靴か。つまり、茜ちゃんには彼氏がいたんだ。離婚届を置いてったのは、次の結婚のためだったのかもね」

あけすけな彼女の発言に、育子がボブヘアを揺らして眉をひそめる。

「まさか。茜さんは旦那さんひと筋だったじゃない。そんなはずないわよ。何かの事情があって、男性と個室にいたんだと思う」

「もー、育ちゃんってばお堅いんだから。今どきの主婦なら恋人のひとりやふたり、いたって不思議でもなんでもないでしょ」

「わたしは好きじゃないわ、そういう考え方。もしかして、エリナにも彼氏がいるわけ?」

「ノーコメント。ここであたしのプライベート明かす必要ないから」

エリナと育子が睨《にら》み合い、僅《わず》かに緊張感が漂った。

「やだな、ふたりともムキになっちゃって。ねえ、まだ愛さんが話してるんだから、最後まで聞きましょうよ。ね?」

おっとりとした口調で京華が言うと、明らかに空気が和らいだ。

「そうよ。主催者で依頼主のワタシが大事な話をしてるのに、水を差さないでくださるかしら」

キツい言い方だがそうは感じないのは、愛の大らかな笑顔のせいだろう。

カエデは、なんとなくだが四人の特長を把握《はあく》した気がしていた。

真面目で理性的な育子。奔放《ほんぽう》で勝気なエリナ。物静かなムードメーカーの京華。そして、面倒見の良いリーダー格の愛。

「それで愛さん。茜さんと一緒にいた方の靴ですが、愛さんの旦那さんは、それをはっきり見たのですか？」

警部が問うと、愛は周囲をぐるりと見回してから言った。

「その靴は、ハイヒールだったんですって。赤いハイヒール」

赤いハイヒール。ってことは……。

「えっ？　女の人？」

つい口走ってしまったカエデ。奥様方も揃《そろ》って口をポカンと開けていた。

「つまり、茜さんは離婚届を置いて家を出た日、赤いハイヒールの人物とネットカフェのカップルルームに行ったわけですね。そこで『またおしょうが来る！』と叫んだ。愛さんの旦那さんが茜さんの声を聞いたのは、何時頃だったのかわかりますか？」

「確認しておきました。午後三時すぎだったそうです」

「午後三時すぎ。ネットカフェの個室。またおしょうが来る、か……」

考え込んだ警部に、愛が両手を合わせた。

「斗真さん、お願いします。普通に警察に届けたって何もしてもらえないわ。夫婦間のよくある問題で片づけられてしまう。だけど、ワタシは心配でしょうがないの。茜さんはお嬢様育ちで、ちょっと世間知らずなところがあったから、トラブルに巻き込まれているのかもしれない。なぜ家を出たのか今どこにいるのか、個人的に捜査してもらえませんか？　斗真さんって、表沙汰《おもてざた》にならない事件を密《ひそ》かに調べることがあるって噂を聞いたんです。茜さんの件もお願いできないかしら？」

真剣な表情の愛。他のメンバーも警部の返答を待ち受けている。

「……わかりました。個人的に捜査してみます。まずは、五日前に茜さんがいたネットカフェで聞き込みをしましょう。愛さん、その店の場所と茜さんの連絡先、それから本人のお写真があったら、私のＬＩＮＥに送ってもらえますか？」

「ありがとうございます！」

愛とスマホでやり取りをしたあと、警部は「皆さんのグルメ記事を拝見したいので」と言って、その場の全員とインスタグラムで繋がった。ついでにカエデも繋がらせてもらう。

――ほどなくメイン料理が運び込まれ、ギャルソンが説明を始めた。

「本日のメイン、〝沖縄アグー豚のグリエ・木の芽の香り焼き汁のソース〟でございます。付け合わせは、ハーブ焼きインカのめざめ、朝採れキュウリと梅のスパゲッティ見立て。ごゆっくりお楽しみください」

まあキレイ、ステキだわ、と、スマホを構えた奥様方から感嘆の声が漏《も》れる。

中央に鎮座《ちんざ》する横長で驚くほど分厚い豚のグリエは、表面を覆う木の芽のグリーンと粒マスタードのイエローが目に眩《まぶ》しい。添えられた色とりどりの野菜料理と相まって、芸術的なほど美しいコントラストを描いている。

「とりあえず、今は料理を堪能《たんのう》しましょうか。せっかくの星付きレストランのランチなので」

警部に皆が頷き、カエデもメイン料理に全神経を注いだ。

「いただきます！」

カットした豚を頬張《ほおば》った瞬間、肉本来の旨《うま》みと滴《したた》る肉汁、丁寧に作られたソースの豊潤《ほうじゅん》な香りが脳内を占拠し、しばしのあいだ夢心地になった。付け合わせの野菜料理もメインを際立たせる繊細な味つけで、ひと皿としてのバランスと完成度がとんでもなく高い。

「……この店、確保」

横のグルメ警部が小声でささやく。

確かに確保に値する店だと、カエデは心から納得しながら完食したのだった。

――可愛らしいプレートのデザートと紅茶で食事を締め、最後に愛が警部に告げた。

「ワタシたち、これから南青山《みなみあおやま》の美術館に行って、そのあと館内のカフェでお茶する予定なの。たぶん午後六時くらいまでカフェにいるから、何かあったらすぐに連絡してくださいね」

❖

レストランをあとにしたカエデは、ミニクーパーにグルメ警部を乗せて、神奈川県高津区《たかつく》にある田園都市《でんえんとし》線〝溝の口駅〟前のネットカフェへ向かった。後ろの警部はしきりにノートパソコンを叩いている。

「いつも思うんですけど、警部ってワイン飲んでもまったく酔わないんですね」

「そうだな。フランス人にとってワインとは水のようなもの、と言う人がいるが、私もあれくらいの量は酒を飲んだうちに入らない。むろんゼロとは言わないが、すぐに消化されてしまうんだ。カエデの胃袋と同じくらい、猛スピードでアルコールが処理されるのかもしれない」

「実はわたし、さっきのレストランでパンのお代わりをし損ねたんですよね。だから、まだまだ食べ物が入りそうです」

「ふふ。なにしろブラックホールだからな。次の店、『ネットカフェ・モニカ』は、ある程度の高級路線を狙っているらしい。自家製のトルコライスが名物みたいだから、頼んでもいいぞ」

「トルコライス？　なんですかソレ？」

「カツ、パスタ、ピラフなどをひと皿に盛りつけた長崎のご当地グルメ。トルコのネーミングはトルコ国とは関係ないらしいが、〝大人のお子様ランチ〟とも呼ばれるワンプレート料理だ」

「わあ、想像しただけでお腹が空いてきちゃいそう」

「食べる前に茜さん失踪事件の捜査だ。カエデも何か気づいたら教えてくれ」

「ラジャーです！」

そういえば、さっき豚を食べたばっかりなのにまたカツか。……いや、フレンチ肉料理とトルコライスは、まったく別物のはず！

まるで人参《にんじん》をぶら下げられて走る馬のごとく、カエデは最短ルートで川崎の溝の口を目指した。

商業ビルの三階にある〝モニカ溝の口店〟は、清潔感に満ちた広いネットカフェ。五日前に茜がいたという鍵付きの個室は、リクライニングのペアシートの前に二台のデスクトップPCが並ぶ、ラウンジのような豪華仕様だ。愛が手配してくれたため、女性店員がすぐに案内してくれた。

「五日前の金曜日に、こちらの女性がこのカップルルームを使用したようなんです。見覚えはありませんか？」

グルメ警部が若い女性店員にスマホで茜の画像を見せた。髪をアップにして大きな丸メガネをかけた茜は、三十三歳とは思えないほど若々しくて笑顔が愛らしい。

「すみません。わたし、その日は非番だったんです。ほかのスタッフに聞いてください。誰に声をかけても大丈夫です」

「お仕事中に申し訳ない」

「いえ、うちのオーナーから、なんでも警部さんに協力するようにと言われてますので」

それから警部が数人のスタッフたちに同じ質問をすると、二十代半ばくらいの男性店員が「ボクがご案内した方だと思います」と証言した。警部は早速バックヤードの一角を借り、会話を録音する承諾《しょうだく》を得たあと、竹内《たけうち》という名の男性店員に質問を開始した。

「竹内さん、この女性はひとりで来店したんですか？」

「えーっと……。いや、もうひとりの女性と一緒に来店されました」

「その同伴者がどんな女性だったか、覚えている限り教えてください」

「多分ですけど、大きな帽子とマスクで顔を隠した女性です。……こんなことくらいしか覚えてなくてすみません」

「いいえ、些細《ささい》な情報でも助かります。ふたりの名前や連絡先、入店と退店時間はわかりますか？」

「当日の記録を見てみますね」

竹内が業務用ＰＣで記録を確認する。

「非会員のビギナー様ですね。お名前も連絡先も記録してありますが、ご覧になりますか？」

「ぜひ見せてください」

警部はデータを見て、すぐに「偽名だし連絡先もデタラメだ」とつぶやいた。

「うちは身分証明書を提示していただく会員様以外、インターネットの使用はご遠《えん》慮《りょ》いただいてるんです。読書のみの場合、身分証明書は拝見してません。なので、この方々は読書のみのご利用です。Wi-Fiやコンセントのご利用は可能ですけどね。来店は……五日前の午前八時四十五分にご来店されて、そのまま午後三時十五分までいらしたようです。それから……」

「それから?」と警部が話を促《うなが》す。

「このおふたりは、午前十一時三十八分に当店オリジナルのトルコライスを二人前注文されてますね。ランチタイムサービスのデザート付き。ボクが運んだので間違いないです」
ト、トルコライス! と、つい反応してしまう自分の胃袋が恨《うら》めしい。
「当日、ふたりがあの個室で何をしていたのか、見た覚えはありますか? ずっと読書をしていたのでしょうか?」

「さあ、防犯カメラも部屋の中までは映さないので、ちょっとわかりかねます。違法行為防止のため扉の上が開いてますが、ボクたちは覗《のぞ》き込んだりはしないので。

ただ、防犯カメラのデータを見れば、入り口やフロアのおふたりは映ってると思います。そちらもご覧になりますか？」

「できればお願いします」

それから警部とカエデは、五日前の録画データを確認した。

髪をアップにして丸メガネをかけたジーンズ姿の茜と、目深《まぶか》に被った黒い帽子とマスクで人相不明な女性が、一緒に受付をする様子が映っている。女性は黒に赤い模様の入った、ゆったりとしたワンピース姿。赤いハイヒールを履いている。

――赤いハイヒール。愛の情報と相違ない。

その後、カップルルームに入ったふたりは、個室からほとんど出てこなかった。漫画を選びに行くことすらなく、たまにドリンクを取りに出るくらいだ。

同伴者は帽子とマスクをしたままで、素顔をさらす場面はまったく見受けられない。竹内がランチタイムにトルコライスを運んだときも、扉を開けてトレイを受け取ったのは茜だった。

愛の夫であるオーナーと、茜が遭遇《そうぐう》したシーンも確認できた。

「オーナーが『またおしょうが来る』と聞いたのは午後三時すぎ。それから間もなく茜さんたちは退店している。茜さんは大きなリュック、同伴者はボストンバッグを持っていた、と。竹内さん、大変参考になりました。あのカップルルームで、もう少し調べ物をさせていただいてもいいですか？」

「どうぞ。オーナーからの指示で、ずっとご利用できるようになってますから。ドリンクバーもご利用ください」

「恐縮です。そうだ、トルコライスを一人前、注文させてください。可能でしたら、竹内さんに運んでもらえると助かります」

「かしこまりました」

わ、トルコライス！　食べてもいいんだ！

小躍りしたくなる気持ちを抑えて、カエデは警部と共にカップルルームへ戻ったのだった。

「警部、手がかりはあったんですか？　わたし的には、愛さんに聞いた話以上の情報はなかった気がするんですけど……」

「いや、ふたりの入店と退店時間がわかった。ランチタイムにトルコライスを頼んだこともな。その情報だけでも推理の手がかりにはなりそうだ」

グルメ警部はデスクに自身のノートＰＣを置き、操作を続けている。

「Wi-Fiは使い放題、充電用のコンセントの穴も二個用意されている。リクライニングシートの座り心地もなかなかだ。茜さんたちは、さぞかし居心地が良かったんだろうな」

「でも、パソコンは使用できなかったし、漫画を借りに行った気配もない。ふたりで朝からここにこもって、ナニしてたんでしょうね。……警部、さっきから何を調べてるんですか？」

「インスタ。ランチ会のメンバーはみんな、グルメ記事や日常の話題をアップしている。茜さんに関しては、ここ数カ月何も上げてないみたいだけどな」

　そのとき、ノックの音がしたので、カエデが扉を開けた。店員の竹内が、トレイを手に立っている。

「トルコライスをお持ちしました……あっ！」

「ど、どうしたんですか？」

　竹内はデスクでノートPCをいじる警部を見ている。

「思い出しました。あのとき、ボクがこうやってトレイを渡そうとしたら、デスクの上に二台のタブレットが置いてあるのが見えたんです。あのおふたりは、ここでタブレットを操作してたんだと思います」

「それは朗報だ。タブレットの画面に何か映っていましたか？」

すかさず警部が質問を繰り出す。

「……いえ、二台ともオフになってました。でも、ドアをノックする直前に、おふたりの会話が一瞬だけ聞こえたんです。それもたった今思い出しました」

「なるほど。トルコライスをオーダーしてよかった。同じシチュエーションを作れば、何か思い出してくださるんじゃないかと期待していたんです」

つまり、警部はただ自分に食べさせるためではなく、捜査の一環でトルコライスを頼んでいたのだ。恐るべし、グルメ警部！

「それで竹内さん、ふたりは何を話していたんですか？　できるだけ正確に思い出してください」

「……メガネの女性が、『食欲がない。奈落《ならく》に落ちそう』とか暗い声で言って、マスクの女性が、『前にあの人が落ちたけど』って返した。確か、そんな感じだったと思います」

「奈落に落ちる。または、奈落の底に落ちる。物事のどん底に落ちるって意味ですよね？」

「ああ。茜さんは、それほど追い詰められていたってことだろう。注文したトルコライスもほとんど残していたようだし」

「こんなに美味しいのに、もったいない」と、カエデは最後のひと切れとなったトンカツをペロリと平らげる。

竹内が運んできた店オリジナルのトルコライスは、リゾットのように滑らかなカレーピラフと、昔ながらの素朴なナポリタン、デミグラスソースをたっぷりかけた揚げたてのカツが、ひと皿に盛り込まれたボリューミーな料理だった。

「まさに〝大人のお子様ランチ〟ですねえ。さっきの〝沖縄アグー豚のグリエ〟も美味しかったけど、同じ豚肉でもトンカツになると別物ですね。高級フレンチのあとに食べる庶民の味。最高ですよ。——あー、満足満足。ごちそうさまでした」

「君を連れてきてよかったよ。私ひとりだったらトルコライスを頼んでも食べ切れなかったから。お陰で、重要な情報が入手できた」

隣のシートでノートPCをいじりながら、グルメ警部が話を整理する。

「ここに入った茜さんと同伴者は、二台のタブレットで何かをしていた。おそらく、それぞれが持ち込んだタブレットだろう。ランチタイムにトルコライスを頼み、届く直前に『食欲がない。奈落に落ちそう』と茜さんが言った。それに対し、同伴者は『前にあの人が落ちたけど』と言ったわけだな」

「『前にあの人が落ちたけど』って、茜さんと同じように何かに追い込まれてた人がいて、絶望しちゃったって意味ですよね？　その人も茜さんも、深刻なトラブルを抱えてたのかな。……なんだか、穏やかじゃない話になってきましたね」

「一刻も早く、旦那さんの所在を突き止める必要がありそうだ。次は茜さんの自宅に向かう。旦那さんの海老沢さんには、さっきメールで連絡しておいた。夜八時には帰宅するそうだ。それまではここで、関係者のインスタやネット記事を引き続きチェックする」

「……警部、関係者ってランチ会のメンバーですよね。もしかして、今日集まった奥様たちの中に、ハイヒールの女がいるって疑ってるんですか？」

「何事も疑ってかかるのが私のやり方だ。愛さん以外の三人は、私が今日のランチ会に参加することも、愛さんの旦那さんが茜さんとここで遭遇したことも、あのときまで知らなかったようだった。私に捜査されるなんて思ってもいなかったんじゃないか。だとしたら、彼女たちの中に何も知らない振りをしてた人がいるかもしれない」

「ってことは、愛さんを抜いた三人の誰かが怪しいと？」

「まだなんとも言えないが、その可能性はゼロじゃない」

「じゃあ、ハイヒールの女が言った『あの人が落ちた』の〝あの人〟も、ランチ会メンバーの誰か、とか？」

「それも可能性だけで言えば、同じくゼロではない」

ノートPCから目を放さない警部の横顔を見ながら、カエデはメンバーの奥様方を思い起こした。

生真面目《きまじめ》そうだった〝経済番組プロデューサー〟夫人、花園育子。

モデル風で奔放な〝外資系証券会社ディーラー〟夫人、滝川エリナ。

おしとやかで清楚な雰囲気の〝有名タレント〟夫人、鈴本京華。

警部に依頼をした〝ネットカフェチェーン経営者〟夫人、新堂愛。

この中で〝ハイヒールの女〟かもしれないのは、愛以外の三人。なぜなら、愛自身が夫の店に茜と行き、夫に靴を目撃されたにもかかわらず、警部にそれを伝えて捜査を頼むのは不自然すぎるからだ。

三人の中で赤いハイヒールが一番似合いそうなのはエリナだけど、育子だって京華だってハイヒールくらい履くだろう。

一方、奈落に落ちたらしき〝あの人〟の場合、四人の中の誰もが当てはまりそうだ。むしろ、愛も茜と同様の深刻なトラブルがあり、そのために茜の行方を捜している場合だってあり得る。

ちょっと羨《うらや》ましくなるくらい、リッチで悠々自適《ゆうゆうじてき》な暮らしをしていそうだった奥様たち。でも、表面上そう見えるだけで、裏事情は意外とドロドロしているのかもしれない。

それにしても……。

茜が言った『またおしょうが来る』の意味は？　『奈落に落ちそう』なくらい、彼女を追い込んだものの正体とは？

――いくら考えても見当がつかない。だったら、少しでもわかるように調べていくしかない。

「……あの、ちょっと思ったんですけど、奥様たちの五日前のアリバイを確認したほうがよくないですか？　今ならまだ、四人で美術館のカフェにいるはずですよね。できればわたしが話を聞いてみたいです」

警部に提案すると、「それはいいかもしれない」と賛同してくれた。

「女性同士、しかも若いカエデなら先方も話しやすいだろうしな。よし、私がここで調べ物をしているあいだに行ってきてもらおう。あまり時間がなくて申し訳ないが、七時くらいに迎えに来てくれるか？」

「了解です。ここからなら茜さんのお宅も近いし、丁度いいですね。ちなみに、ほかに訊いておくべきことってありますか？」

「一番知りたいのは、あの四人の素顔と茜さんとの関係だ。それぞれがどんな暮らしをしているのか、茜さんを本当はどう思っているのか、彼女たちの本音が引き出せたら助かる。だが、無理は禁物だ。可能な範囲で構わないからな」

「わかりました。無理のない程度に頑張ります」

カエデは捜査の役に立てることをうれしく思いながら、南青山の美術館まで車を飛ばしたのだった。

❖

四人の奥様方が集《つど》っていたのは、ガラス張りの店内から日本庭園が望める和風カフェ。単独で舞い戻ったカエデを、誰もが快《こころよ》く迎えてくれた。

「カエデさん、何を頼む？　ここはケーキも美味しいのよ」

リーダーらしく気を遣《つか》ってくれた愛に、「紅茶だけでいいです」と答えた。なにしろランチ後にトルコライスまで食べてしまったのだ。さすがにお腹はパンパンだった。

「うちの店はどうだった？　新情報はあったみたい？」

「とっても良くしていただいて、警部が愛さんとオーナーさんに感謝してました。警部はまだお店で調べ物中ですけど、いろいろと発見があったようです。秘匿《ひとく》義務で詳しくは言えないんですけどね」

「そう。早く茜さんの行方がわかるといいんだけど……」

心配そうに愛が言うと、育子が早速問いかけてきた。

「で、カエデさん。あなたがわたしたちに聞きたいことって、一体なんなのかしら？」

若干の不快感を潜《ひそ》ませているような口ぶりだ。カエデは何も気づかない振りをして、テーブルに置いたボイスレコーダーを回し始めた。

「あのですね、茜さんがネカフェにいた先週金曜日の午前中から午後にかけて、皆さんが何をされていたのか、念のために聞いておこうと思いまして。あ、疑ってるわけじゃないんです。形式上、関係者の方のアリバイ確認は必須でして……」

「誤魔化《ごまか》さなくてもいいよ。きっと、ネカフェで茜ちゃんが女と一緒だったことが確認できたんでしょ。それで、あたしたちの誰かかもしれないって思ったんじゃないの？」

　エリナがずけずけと指摘する。元ＦＸトレーダーだからなのか、非常に頭の回転が速そうだ。

　答えに詰まって視線を下げた。四人の持ち物や靴が視界に入る。防犯カメラで目視した同伴者のボストンバッグや赤いハイヒールは、この中の誰のものでもないようだった。

「捜査なんだからしょうがないわよね。私から話すわ。先週の金曜日は、夜に大事なお客様たちが泊りにいらしたの。それで、日中はゲストハウスのお掃除やお料理の準備をしてました」

　ありがたいことに、京華が口火を切ってくれた。

「ゲストハウスって、ご自宅とは別にあるんですか？」

「マンションの最上階をふた部屋借りてて、ひと部屋をゲストハウスって呼んでるのよ。夫が芸能の仕事をしてるから、マネージャーさんとかが泊ることが多くて。今日も関係者の方々が滞在してるの。……ああ、あの日は私ひとりで準備してたから、アリバイは証明できないわね。だから、私は怪しい容疑者ってことにしておいてくださいな」

にこやかに話す京華。穏やかな物言いの中に皮肉を入れるのがうまい。

「京華ちゃんちはセキュリティーがすごく厳重な高級マンションだよね。場所も中《なか》目黒《めぐろ》だし、芸能人の住民が多いのも納得だよ。あそこに比べたら、あたしのマンションなんてユルいもんだわ」

エリナが横から割り込んできた。話が主題から逸《そ》れていきそうだけど、このまま自由に語らってもらい、四人の素顔を観察してみよう。

「あら、エリナのタワーマンションだってすごいじゃない。三十二階でどの部屋からも湾岸《わんがん》の景色が一望できて。バスルームのジャグジーから外を眺《なが》めながらシャンパン飲むんでしょ。まるでハリウッド映画の世界よね。いい意味でバブリーだわ」

育子がエリナに笑いかける。少しだけ嫌味に聞こえたのは気のせいか。

「うちがバブリーに見えるのは、育ちゃんが由緒正しいお家柄だからだよ。お爺様《じい》の代から荻窪《おぎくぼ》の一等地に建ってる二軒の立派な日本家屋。その一軒に住んでるのは、代議士のお父様と書道家のお母様。隣に住んでるのが、ひとり娘の育ちゃんと国営放送局の旦那さん。あたしと旦那は帰国子女同士の叩き上げだったから、まるで別世界に感じるよ」

謙遜《けんそん》して見えるエリナだが、親の力ではなく実力でタワーマンションに住む自分たち夫婦を、誇示《こじ》しているようにも思えてしまう。

「庭園って言えば、愛さんのお宅もステキよね。本格的なイングリッシュガーデン。お家も英国風で暖炉《だんろ》まであって、すごくセンスがいいと思う。ねえ愛さん、今はどんなお花が見頃なの？」

さり気なく愛に話題を振った京華は、対照的な育子とエリナのバチバチ感を、いつも薄めている存在なのだろう。

「んー、やっぱり薔薇のアーチかな。今年はピンクがキレイに咲いてくれて。あと、ライラックのパープルも見頃だから、よかったらまたみんなで遊びに来て。茜さんの件が解決したらね」

さすがはリーダー格の依頼主、散漫《さんまん》になった話題を引き戻してくれた。

「だからアリバイの話に戻るけど、ワタシはモニカの渋谷《しぶや》本店で朝から事務のサポートをしてた。部下たちに聞いてくれれば証明してくれるはずよ。育子さんは？」

「先週の金曜日よね。えーっと……そうだ、お昼から家のテレビで旦那がプロデュースしてる経済番組を観てたわ。夕方からは母の書道教室の手伝いをしてたけど、それまでのアリバイを証明してくれる人はいないかもしれない」

「だったらあたしも証明できないな。有楽町《ゆうらくちょう》でやってたミュージカルのマチネにひとりで行ったんだけど、半券は捨てちゃった。そのあとは買い物もしないで帰宅しちゃったし……。まあ、あたしも容疑者ってことだね」

育子もエリナも、あっけらかんと打ち明けた。

つまり、愛以外の三人には、確固としたアリバイがないということだ。

「ご協力ありがとうございます。あの、皆さんはお互いのお宅を行き来していらっしゃるみたいですね。茜さんはどんなお家にお住まいなんですか？　旦那さんの海老沢さんにもお会いしたことがありますか？」

カエデの質問に真っ先に答えたのは愛だった。

「うちの近所の戸建てよ。まだ新築って言ってもいいくらいキレイな二階建て。何度かお邪魔したけど、シンプルモダンな雰囲気で清潔感があって、すごく居心地がいいわ。海老沢さんはとっても大らかで好《い》い人。あのふたり、喧嘩《けんか》したことがないみたい。本当に仲良し夫婦だったの」

「私とエリナと育子さんは、昼間にお邪魔したことがあったわね。旦那さんにはお会いしてないけど、ペアグラスや結婚式の写真が飾ってあって、幸せを絵に描いたようなお宅だった。茜さんは大阪の人だけど、お昼に出してくれたお料理、京風の薄味で美味しかったな」

「京華ちゃん、あれは割烹《かっぽう》の仕出し料理を用意してくれてたんだよ。自分は手の込んだ料理は作れないからって、茜ちゃん言ってたじゃない」

　すかさずエリナが訂正する。

「そうだっけ。だけど、とっても家庭的であったかい、身の丈に合った感じのステキなお宅だったわよね」

　京華の言葉に育子が頷く。

「そうね。夫婦ふたりだけなら、あのくらいの広さがいいのかも。家の掃除も庭の手入れも楽だからね。うちなんか定期的に庭師を入れないと、緑のバランスが崩れちゃうから大変なことになっちゃって」

「育ちゃんちの日本庭園ならそうなるよね。うちはタワマンだから庭とは縁がないけど、愛ちゃんのイングリッシュガーデンも手入れが大変なんじゃない？」

「自分だけじゃ無理だわね。業者さんにメンテナンスはお願いしてる」

「だよねえ。茜ちゃんはさ、猫の額だって自分ちの庭のこと言ってたけど、ガーデニングができるだけいいなって思った。うちは高層階で風が強いから、落下事故とかが怖くてバルコニーに何も置けないんだ。無駄に広いだけであんまり使えないんだよね……」

エリナの話が一段落したとき、愛が「あら、もう六時だわ。そろそろ帰らないと」と言い出した。他の三人も同意し、カフェを出ることになった。

「また何かあったらいつでも連絡してね。斗真さんにもよろしく伝えてください」

愛に送り出されたカエデは、ミニクーパーに戻りながら考えていた。

京華は中目黒の高級マンションの最上階にふたつも部屋を借りている。育子は荻窪の由緒ある庭園つきの日本家屋。エリナは湾岸沿いの眺望のいいタワーマンション。愛はイングリッシュガーデンのある英国風の洋館。いずれもプチセレブと呼ぶに相応《ふさわ》しい住まいだ。

その中で茜だけは、小さな庭つきの戸建てのようだった。そして、家の狭さで他の奥様たちからマウントを取られている……？

——いや、そんな風に感じてしまったのは自分が庶民すぎるせいで、彼女たちに悪意などないのかもしれない。単純に事実を述べていただけなのかもしれないけど……。

モヤッとした気分を抱えながら溝の口のネットカフェへ戻ると、店の前で待っていた警部が、俊敏《しゅんびん》な動きで後部座席に乗り込んできた。

「お疲れ。どうだった？」

「すみません、重要な情報は得られなかったかもです。とりあえず、録音した会話を聞いてください」

「わかった」

警部がイヤホンで音声データを聞き始める。カエデは少しでも役立つ情報があればいいと願いつつ、海老沢家のあるたまプラーザへミニクーパーを走らせた。

◈

渋谷から田園都市線でおよそ三十分のたまプラーザは、神奈川県横浜市青葉《あおば》区にある緑豊かな住宅街。駅周辺は美しく整備され、少し歩くと洒落《しゃれ》た一軒家が建ち並ぶ、ファミリー層に人気のエリアだ。

茜が五日前に出ていったという海老沢家は、奥様方が言っていた通りの小さな庭つきの戸建て。まだ新築のようなレンガ造りの明るい外観は、カエデの目には十分立派に映る。むしろ、一般的には憧れの対象になりそうな家だ。

チャイムを鳴らすと、中から茜の夫である海老沢秀喜《ひでき》が、憔悴《しょうすい》し切った表情で現れた。エリート公認会計士のイメージとは程遠い、ポッチャリとした見るからに温厚そうな男性である。

「お待ちしてました。茜がいなくなってから散らかしっぱなしなんですけど、お上がりください」

勧められたゲスト用のスリッパに履き替え、警部と共にリビングへ入ると、確かに物が乱雑していた。

「情けないことに家事は任せっきりで、どこに何を仕舞ったらいいのかわからないんです」

悲壮感《ひそうかん》たっぷりにつぶやく秀喜。床には乾いた洗濯物が畳まないまま放置してあり、リビングテーブルは新聞や郵便物だらけになっている。間近で見ると、着ているワイシャツも皺《しわ》だらけだ。

「とりあえず座っていただいて。ああ、お茶でも」と動いた途端に、秀喜が郵便物の束をテーブルから落としてしまった。

「海老沢さん、どうかお構いなく。すぐにお暇《いとま》しますので、茜さんのお話を聞かせてください」

落とした束を拾い、無造作にテーブルに置いてから、秀喜は力なく椅子に座り込んだ。警部とカエデも向かい側の椅子に座る。

「早速ですが、茜さんが家を出ていく前に、いつもと違う点はありませんでしたか？　何かに悩んでいたとか」

「それが、まったく気づかなかったんです。ここ最近は残業や外での付き合いが多くて、夕食を家でとることもできなくなっていて。休日も家で仕事をしないと終わらない状態で、ゆっくり茜と話す時間が作れなくなってました。今日は疲労が溜まりすぎていたので、早く帰らせてもらったんですけどね」

「大変なお仕事なんですね。本当にお疲れ様です」

　カエデは声をかけずにはいられなかった。

「ありがとうございます。今回の件は、本当に衝撃的でした。まさか離婚を考えていて、話し合いすらせずに出ていくなんて。どうしたらよかったのか、何度も考えてしまうんです。夜もあまり眠れなくて……」

「お察しします。私がお力になれるように調べている最中ですので、あまりお気を落とさずに。ちなみに茜さんは、数名の奥様方とのランチ会に定期的に参加していたそうです。海老沢さんはご存じでしたか？」

「もちろん。茜は大阪育ちで、僕が大阪に長期出張したときに知り合って、一年半ほど前に結婚してこっちに来てくれたんです。だから、こちらには友人がいなかったんですよ。ご近所の新堂愛さんと親しくなって、ランチ会に誘っていただいてからは、それを毎回楽しみにしてました」

「そのランチ会のメンバーはご存じですか？　愛さん以外にも、茜さんが個人的に親しくされていた方はいませんでした？」

「すみません、愛さん以外の方は知らないんです。茜がこっちで誰と付き合ってたのか、把握してません。僕がうちにいるときに、誰か来たこともなかったですし。今回の件で、自分が茜のことをまったく知ろうとしてなかったと気づかされました。もっと積極的に話をする機会を作るべきだった……」

秀喜が窓辺に視線をやった。カエデも目を向ける。銀色の写真立ての中で、タキシードを着た秀喜とウェディングドレス姿の茜が、幸せそうに笑い合っている。

「海老沢さん、質問を続けさせていただきますね。茜さんの持ち物は確認されました？　なくなったもの、置いていったものなどで、何か気づかれたことはありませんか？」

「茜の部屋に入ることも今まではなかったんですけど、今回はざっと見て回りました。アクセサリーやバッグ、洋服類はほぼなくなってましたね。あと、愛読してた本も持ってったようです。一度に運べる量だとは思えないので何回かに分けて運んだのか、もしくは捨ててしまったのかもしれません」

「なるほど……。そういえば、五日前に溝の口のネットカフェで、茜さんに似た女性を目撃した方がいるそうです。茜さんは普段から、ネットカフェを利用されていましたか？」

警部は今、わざと曖昧《あいまい》な言い方をした。「茜さんに似た女性」と。それは茜が愛の夫に、「ここにいたことはうちの人に言わないで」と頼んだからだろう。

「ネットカフェですか。読書好きではあったけど、そういった店で漫画などを読むタイプではなかったと思います。僕と一緒に行ったこともないですし」

「その茜さんに似た女性が、タブレットを持っていたらしいのですが、茜さんもご自身のタブレットをお持ちでした？」

「タブレット？　持ってたなんて知りません。スマホしか持ってなかったはずです。僕のパソコンを使うことはありましたけど。だから人違いじゃないですかね？」

「そうかもしれませんね。では、立ち入ったことを伺って恐縮ですが、茜さんの生活費は海老沢さんが渡されていたのでしょうか？」

「ええ。毎月決まった額を手渡してました。基本的に、資産管理は僕がやってます。会計士なので」

「それなら、茜さんが金銭的に困っていた、なんてことはないはずですね」

「……だと思います。贅沢品を買い込むようなこともなかったですし」

「資産形成について、茜さんと話をされたことはありますか？」

「いや、そういったことには疎《うと》いタイプだったんです。僕は仕事柄、経済動向や資産形成に関心が高いほうですが、茜に話しても興味なさそうだったので、結婚してからはそういった話題は振らないようにしてました」

「そうですか。あと、こんな言葉を茜さんから聞いたことはないですか？『おしょうが来る』」

「おしょう？　お寺の和尚さんのことですかね？　和尚さんがうちに来たことはありませんけど……。そういえば、ランチ会で鎌倉の精進《しょうじん》料理を提供するお寺に行ったことがあったみたいですね。手の込んだ料理に感動してました。……あのとき茜は、今度ふたりで鎌倉に行こうかって、楽しそうに言ってたのに……。ちょっと失礼します」

　思い出してしまったのか、秀喜は目を赤くしてリビングから出ていった。洗面所にでも行くのだろう。

「……警部、海老沢さんは何も知らないっぽいですね」

「そうだな。だが、ここに来た甲斐《かい》はあった」

グルメ警部は、テーブルに重なっていた郵便物の中から、一通の封筒を取り出した。それを手元に置き、素早く表と裏をスマホで撮影してから、また戻の位置に戻す。

「なんですか？」その封筒、と聞こうとしたのだが、秀喜が戻ってきてしまった。

「すみません、お話の途中で中座してしまって」

恐縮する秀喜を、警部は励ますように言った。

「大丈夫ですよ。すでに大まかな事情は推理できたので」

「推理できた？　警部、本当ですか？」

「何がどうなってこうなったんです？　教えてください！」

カエデと秀喜は前のめりになっている。

「まだ確定ではないのですが、今日集めた情報から、だいぶ真相に近づけたのではないかと思います」

「謎の言葉の意味も、ハイヒールの女の正体も、奈落に落ちたのが誰なのかも、全部わかったんですか？　茜さんが追い込まれてた理由も？」

興奮のあまり、頭の中にあった疑問を口にしてしまった。

「追い込まれてた？　茜は何かに追い込まれてたんですかっ？」

秀喜が勢い込んで立ち上がる。

しまった、彼の前で余計なことを言ってしまった……と後悔したカエデだが、グルメ警部は真摯《しんし》な表情で秀喜を見つめた。

「おそらく茜さんは、海老沢さんと本当に離婚したかったわけではない。トラブルを引き起こしてしまい、そのために仕方なく家を出たのだと思われます。問題がすべて解決したら、ここに帰ってくる可能性が高い。そのための捜査は続けます。海老沢さん、愚問かもしれませんが、本当に茜さんに戻ってきてほしいですか？」

「当たり前じゃないですか！」

「では、茜さんにどんな深刻な問題があっても、水に流すと約束してもらえますか？」

「もちろんです。戻ってきてくれるならなんでもするし、浮気でも借金でも、どんなトラブルでも許します！　僕が惚《ほ》れ込んで頼み込んで結婚したんですから」

必死に訴《うった》える秀喜。妻への想いが伝わってきて、カエデの胸も熱くなってくる。

「わかりました。これから茜さんに何が起きたのか、私の推理をお話しします。ただし、彼女をこの家に戻すためには、まだやらなくてはならないことがあるんです。――カエデ」

「はい！」

「愛さんに連絡して、ランチ会のメンバーを集めてほしいと頼んでくれ。場所と時間は合わせるから、できるだけ早く。ランチでもなんでも、私が皆さんをご招待したい。理由は……捜査に必要な情報が足りなかったので、もう一度話を聞きたがっていると言ってほしい。今ここにいるとは言わずにな」

「了解！」

　これですべての謎が解明される！

　カエデははやる心を落ち着かせてから、愛に電話をかけに行った。そして、秀喜と共にグルメ警部の推理を拝聴したのだった。

◇

　再びランチ会のメンバーが集結したのは、翌日の午後。銀座のシティホテルのラウンジで、アフタヌーンティーをしながら話すことになった。

　ピアノの調べが流れる優雅なフロア。ゆったりとしたソファーに座りながら、ハイブランドのティーカップで紅茶を飲む四人の奥様方。広いテーブルの中央には、三段になった大きなアフタヌーンティースタンドがセットされ、それぞれに何種類ものミニケーキやマカロン、マフィンやパイ類、サンドイッチなどが、見目麗しく盛られている。

ああ、憧れのアフタヌーンティー！　こんな状況じゃなかったら、全種類を制《せい》覇《は》したい！　お代わり自由のお茶も飲みまくりたい！　だけど、今は欲望剝《む》き出しにしてる場合じゃないの。これからグルメ警部が自らの推理を確かめていく、大事な場面なんだから。

カエデは小皿に取り分けた小さなサンドイッチを、少しずつゆっくり齧《かじ》っていくことにした。

「わざわざお越しいただき恐縮です。お話をお聞きする前に、まずは皆さんに謝らせてください」

グルメ警部は、厳《おごそ》かに話を切り出した。

「やだわ、斗真さん。いきなり改まっちゃって。謝るってなに？」

愛がしきりに瞬きをする。

「あたしたち、茜ちゃんの捜査協力で集められたんじゃないの？」

エリナは不満そうに口を尖《とが》らせる。

「警部さん、もしかしてギブアップ宣言なのかしら」

冷ややかな目をしたのは育子だ。

「それはそれでしょうがないわよ。難しい依頼だったと思うしね」

京華はフォローに入ってくれた。

ホテルのラウンジに相応しく着飾った奥様方を、警部は余裕の表情で見回す。

「実は、すでに茜さんに何が起きたのか、ほぼ解明できた気がしているんです。今日は、私の推測した話を聞いていただき、さらなる捜査へのご協力をお願いしたいと思っております」

奥様方全員が、一斉に息を呑んだ。

「まあ、昨日の今日で解明だなんて、斗真さんすごいわ。ぜひ話してくださいな」

依頼主の愛が姿勢を改める。他の三人も同様だ。

「身構えないで大丈夫ですよ。アフタヌーンティーを楽しみながら聞いてくださ い」

グルメ警部自身も紅茶をひと口飲んでから、ゆっくりと語り始めた。

「茜さんは先週の金曜日、『ネットカフェ・モニカ溝の口店』で何をしていたのか？　店で捜査をした結果、彼女は赤いハイヒールの同伴者とカップルルームにこもり、ご自身たちのタブレットを操作していたことが判明しました。ふたりが入店したのは午前八時四十五分、退店は午後三時十五分。その間、午前十一時三十八分にランチ料理を注文されたそうです。

この情報から、私は仮説を組み立ててみました。

〝彼女たちはタブレットのインターネット証券口座で、株取引をしていた〟のではないかと。一日の中で何度も売り買いを繰り返す、いわゆるデイトレードと呼ばれるものです」

「デイトレ？　茜さんが？」

瞬時に反応したのは、自身も外資系証券会社に勤めていたエリナだ。

「ええ。ご存じの通り、一般的な日本株の取引が行えるのは、前場が午前九時から十一時半まで。一時間の休憩を挟み、後場は午後十二時半から三時まで。これは、茜さんたちの行動時間と重なります。

ふたりは前場開始直前に店に入り、前場が終わると同時にランチをとり、後場が終わって帰ったわけです。しかも、茜さんは後場が終わった午後三時すぎに、『またおしょうが来る』と叫んだ」

「その言葉の意味はわかったんですか？」

腕を組んで話を聞いていた育子が、すかさず質問をしてきた。

「〝おしょう〟とは、〝おいしょう〟の聞き間違いだったのではないかと、私は推測しました。おいしょう、つまり〝追証〟です」

「なるほど、追証か。株の信用取引で生じる〝追加証拠金〟ね」

「追証？　信用取引？　エリナさん、意味がわかんないわ」

愛が説明を求めたので、エリナは流暢《りゅうちょう》に語り出した。

「信用取引は、〝証拠金〟と呼ぶ担保の資金を証券口座に入れて、その何倍もの額で売買をすること。日本株の場合、たとえば三十三万円の自己資金があると、最大で百万円の取引が可能になるケースが多い。要は、担保と引き換えに証券会社から借金をして、株式なんかを買うわけ。その株が上がって売ったら借金を引いた額が利益になるけど、逆に、暴落で株の評価額が急激に下がったりした場合、証券会社は『追加の証拠金を払え』って言ってくることがあるの。追加証拠金。略して〝追証〟ね」

さすが元トレーダー、よく知っている。カエデはチンプンカンプンだ。

「でね、追証で現金が用意できなくて期日までに払えなかった場合、証券会社は自動的に注文を出して、借金で買ってた株を全部売り払ってしまうの。そうなったら残るのは、さらに増えた証券会社への借金だけ。信用はハイリスク・ハイリターンの代表的な取引なのよ」

「さすがですね。端的なご説明、ありがとうございます」

グルメ警部がエリナから話を引き継ぐ。

「だから、信用取引で株を買っている人は、株価が暴落して追証が発生することを『追証が来る』と言って怖がるんです。追証は後場の終値で判断されるので、おそらく茜さんはその日の取引でも負けてしまった。だから、午後三時すぎに『また追証が来る』と嘆《なげ》いた。そう考えると状況の説明がつくんですよ。茜さんは信用取引で失敗して、追証が発生してしまったのでしょう。『また』ということは、一度ではなく何度も。

海老沢さんに確認しましたが、茜さんは旦那さんに内緒でタブレットを購入し、株取引をしていたようですね。しかも、追証が来るほどハマっていた。ランチを運んだネットカフェのスタッフが、茜さんの声を聞いたそうです。『食欲がない。奈落に落ちそう』と。それほど精神的に追い込まれ、借金地獄に足を踏み入れていたのだと思われます」

「ちょっと待って。それって単なる憶測ですよね？　根拠のない仮説の上に憶測を積み上げていくのって、危険じゃないですか？」

鋭く意見してきたのは育子だった。

「私もそう思う。勝手なこと言ってもし間違ってたら、茜さんへの侮辱《ぶじょく》にもなり兼ねないですよ」

「そうそう。今のところ状況証拠だけだもんね。茜ちゃんがリスキーな信用取引に手を出すなんて、あたしには思えないし」

京華とエリナも、育子に賛同している。

「おっしゃる通りです。なので、私は海老沢さんのお宅にお邪魔して、証拠を入手してきました。今お見せします」

グルメ警部はスマホを取り出し、昨夜、海老沢家のリビングで撮影した封筒の画像を奥様方に見せた。

宛名は〝海老沢茜〟様。送り主は飲食店を全国展開する〝一部上場企業〟。封筒の下部に〝株主優待券在中〟とある。

「ネット証券で取引をしている場合、契約書や売買報告書などはデータで届きます。しかし、自分が株を持っている企業が、株主優待の商品券などを送ってくる場合は、こんな風に現物が自宅に届く。茜さんが株取引をしていた証拠です。海老沢さんはこれを見て、大変驚いていました」

納得せざるを得なくなった三人は、気まずそうに黙り込む。

「茜さんがうちの店で株取引をして失敗してしまった。『また追証が来る』と叫んだ彼女の声を、『またおしょうが来る』と夫が聞き違えた。それはなんとなく理解できたけど、茜さんはその日、サイン入りの離婚届を置いて家出したんですよ。それと株の問題がどう繋がるんですか？　あと、一緒にいた赤いハイヒールの女性は、どこの誰でどう関係してるの？」

当然の疑問を愛が口にする。

「まずは、最初の疑問にお答えしますね」と警部が言った。

「茜さんの旦那さんは、大手企業の内部情報を知る監査法人の公認会計士。職業柄、インサイダー防止で個人的な株取引には規制がかかります。同居中のご家族も同様です。妻が信用取引で借金を作ったなんて明るみになったら、海老沢さんの公認会計士としての立場が揺らいでしまう。実際、株取引は遠慮してほしいと、茜さんに言ったこともあったそうです。それなのに、茜さんは勝手に取引をして失敗してしまった。だから、とっさに離婚届を置いて、家を出たのではないでしょうか。そして、もうひとつの疑問ですが……」

一旦、言葉を切ってから、再び話を続ける。

「茜さんと一緒にいたハイヒールの人物も、隣で信用取引のデイトレをしていたのでしょうね。でなければ、『追証』なんて株の素人《しろうと》には意味不明の言葉を、茜さんが発するとは思えません。ネットカフェのスタッフも二台のタブレットを目撃していますので、一台はその人物が使っていたと解釈するのが自然です。

一年半ほど前に大阪から上京した茜さんには、こちらに親しい人がいなかった。旦那さんいわく、皆さんとのランチ会をいつも楽しみにしていたそうです。なので、この中のどなたかが、赤いハイヒールの同伴者ではないかと私は考えました」

「あたしじゃないから！」

即座にエリナが否定した。

「さっき、インサイダー防止で家族にもトレード規制がかかるって言ったでしょ。それは公認会計士だけじゃない。うちの旦那も証券ディーラーだから規制があるわけ。いつも旦那から言われてるの。勝手に売買するな、するときは全部報告しろって。面倒だから、結婚前に配当目当てで仕込んだものしか持ってない。デイトレなんてもってのほかだよ」

「わたしだってエリナと同じよ」と育子が続ける。

「夫が経済番組のプロデューサーだから、いろんな企業情報が入ってくるみたい。それで、同居してるわたしも規制されてるのよ。インサイダー疑惑だけは御免だ、株には手を出さないでほしいって、夫から頼まれてる。テレビ局ってコンプライアンスに厳しいからね」

「う、うちは規制とかないけど、デイトレードなんてやったことないわ。だいたい、ワタシが赤いハイヒールの女だったら、夫から聞いたなんてわざわざ斗真さんに相談したりしない。そんな自作自演、なんのメリットもないでしょう?」

愛も必死に否定している。

そんな中、京華だけが沈黙を守っていた。

自然に全員の視線が京華に集まり、警部が口を開く。

「鈴本京華さん。タレントの奥様であるあなたにも、株取引の規制はないはずですね」

「それがどうかしましたか?」

彼女は表情を変えずに、おっとりと首を傾げている。

ここが正念場だ、とカエデは両手を握りしめた。

「ランチを運んだネットカフェのスタッフが証言しました。茜さんが『食欲がない。奈落に落ちそう』と言ったあと、帽子にマスクの同伴者がこう言ったそうです。『前にあの人が落ちたけど』。つまり同伴者の周囲には、〝奈落に落ちてしまった別の誰か〟がいたわけですね。

一般的にどん底や絶望を意味する〝奈落〟は、舞台用語でもあります。劇場の舞台や花道の床下にある空間のことも、〝奈落〟と呼ぶ。そこに落ちた場合、舞台用語的には〝転落事故〟に該当する意味を持ちます。京華さんの旦那さんは有名タレント。タレントの定義は幅広いので、俳優業もされている方かもしれない。〝あの人〟とは旦那さんを指していたのかもしれない。そう考えた私は、ここ最近、舞台から転落してしまった俳優がいないか調べてみました」

奈落、が舞台用語だったなんて、カエデは知らなかった。だから、茜と同様に物事のどん底に落ちた人が、もうひとりいるのだと思い込んでしまったのだが、警部は言葉の意味を違う角度から見ていたのだ。

「──すると、ふた月ほど前、ある有名男性俳優が、舞台のリハーサル中に奈落へ落ちたとの芸能ニュースが出てきたんです。その俳優は、お笑い芸人でもあったマルチな才能の持ち主で、本名が〝鈴本〟でした。鈴本京華さんの旦那さんですね。現在もリハビリ中とのことで、お気の毒です」

その瞬間、京華の素性《すじょう》を知る愛が小さく頷いた。肯定したのも同然だ。

「これはあくまでも私の想像なのですが、京華さんは休業している旦那さんのためにお金を稼ごうとして、デイトレードに励んでいたのではないですか？　先週金曜日の日中は、家でゲストを迎える準備をしていたのではなく、茜さんと一緒にネットカフェにいた。タブレットを持参し、赤いハイヒールを履いて。違いますか？」

誠実に語りかけていた警部は、京華から視線を外さない。

それをしばらく受け止めていた彼女は、やがて大きく息を吐き出してから、「そうです」と認めた。

「嘘をついてしまってごめんなさい。あの日、夜にゲストをお招きしたのは事実なんですけど、準備は家政婦さんに任せてありました。茜さんから『誰にも絶対に言わないで』と頼まれていたので、どうしても自分から彼女のことを言い出せなかったんです。

私はファイナンシャルプランナーの資格を持っていて、投資の勉強も自己流でしていました。信用のデイトレでもある程度の利益は出せるようになって、それを半年くらい前に茜さんに話したんです。そしたら、『自分も暇な時間にやってみたい。旦那には禁止されてるし、今まではあまり興味なかったけど、自分の貯金でやるから旦那に内緒で教えてほしい』って言われて。

海老沢さんが多忙だったようで、すごく寂しかったみたい。何か夢中になれるものを探していたんでしょうね。私が少しレクチャーしたら、タブレットを買ってデイトレをやるようになりました。たまにだけど、私と同じ場所で一緒にやることもあったんです。うちのゲストハウスは関係者が滞在してることが多いし、茜さんの家で万が一旦那さんが帰宅でもしたら大変だから、いつもネットカフェの個室を借りてやってました。だけど……。

茜さん、初めは調子よく勝ててたから信用にも積極的になって、どんどん深みにハマってしまったんです。先月からの世界的な株安で負けが込んできて、どうにか取り返そうとしてまた負ける。悪循環でしたね。追証が続いて借金ができて、生活費にも手をつけるようになって。それでも足りなくて、腕時計やアクセサリー、洋服や本まで売り払ってお金を作ってました。

あの日は、最後にもう一度だけと言う茜さんを、モニカの溝の口店に連れていきました。あそこは愛さんのお店だし都心からは離れてるので、安心して使えると思ったんです。愛さんの旦那さんが来店するなんて、想像もしてませんでした。

私は私で、うちの人の分まで頑張らなきゃいけないのに少しずつ負け始めてたので、茜さんと同じくらい必死でした。結局、私はトントンで、茜さんはまた追証。その証拠金を払うために、消費者金融で借金をしたみたいですね。

最後の勝負で負けた茜さんは、旦那さんに離婚届を置いて家を出る決意をしたんです。そんな彼女の選択を、私には止められなかった。

今、茜さんは別のネカフェを転々としてます。節約しないといけないから、ホテルではなくネカフェにしたみたいですね。そこでしばらくひとりきりになって、頭を冷やしたかったようで。……だけど、『もう旦那の顔が見られない、知られたくないし迷惑だけはかけたくない。離婚して実家に帰るつもり』って言ってました。


「——私のせいで、お騒がせしてすみません」

話し終えた京華に、グルメ警部は再び語りかける。

「言いづらかったでしょうに、話してくださりありがとうございます。すでに海老沢さんにも私の推測を話してあります。仕事が忙しくて家庭をないがしろにしていたと、反省されていました。どうしても茜さんに戻ってきてほしい、何があっても許すとおっしゃっています。

　ですから京華さん。茜さんに連絡して、家に戻るように伝えてほしいんです。おそらく、今の茜さんが頼れるのは京華さんしかいない。あなたの連絡しか受けないでいるのでしょう。どうかお願いします。今すぐ茜さんに電話をしてもらえませんか？」

「でも、みんなにデイトレのこと話したって知られたら、茜さんがショックを受けそうで……」

　躊躇《ちゅうちょ》する京華に、「ワタシからもお願い！」と愛が両手を合わせた。

「京華さんも茜さんも、それぞれの事情があってこうなった。きっと大変な思いをしてたんでしょうね。気づけなくてごめんなさい。だけど、このまま茜さんが大阪の実家に帰るなんて、おかしいと思うの。海老沢さんがどれだけ心配してるか、ちゃんと茜さんに知らせないと」

「そうね。海老沢さんが茜さんを許すと言ってるなら、もう逃げ隠れする必要なんてないわよね。お互いの気持ちをきちんと話し合うべきだわ。京華さんだって、自分から進んでデイトレのことを話したわけじゃない。警部さんの捜査で明らかになったわけでしょ。そこをちゃんと説明すれば、茜さんだってきっと納得するわよ。だから京華さん、早く家に戻るように連絡してくれないかしら？」

「茜ちゃんはレバレッジ取引、つまり信用取引の怖さを知っただろうから、もう無茶はしないでしょ。プロのトレーダーだって大負けする世界。あたしも何度もやらかしたわ。だから失敗を恥じることなんてない。寂しくしてるならあたしがアクティブな遊びに連れてく。ってゆーか、このメンバーでもっと集まろうよ。そう伝えてほしいな」

　育子とエリナも、誠実に京華を説得する。

　昨日はマウント取りのように感じてしまったが、彼女たち三人は本気で茜を心配していたのだろう。カエデも何か言わずにはいられなくなってきた。

「なんか、こういうのっていいですね。理解し合えるお仲間がいて、羨ましいくらいです。無事に問題が解決して、純粋にランチ会を楽しめるようになってほしいなって、勝手ですけど思っちゃいました」

「カエデちゃんってカワイイよね。もっと食べればいいのに。スイーツもサンドイッチも残っちゃいそうだから」

　エリナに笑顔で言われた。大食いがバレていたのかもしれない。

「京華さん、ほかの皆さんも望んでいらっしゃいます。茜さんに電話して、家に戻るように言ってください」

グルメ警部が最後のひと押しをし、京華はついにスマホを取り出した。

「言うだけ言ってみるけど、判断は茜さんに任せますよ」

その場で電話をかけ始めた。ワンコールで相手が出たのが、気配で伝わってくる。

「もしもし、茜さん？」

『京華さん！　連絡待ってたわー。アタシ、もう限界やわ』

隣にいるカエデに漏れ聞こえてくるほど、関西弁の声は大きかった。

「どうしたの？　今どこ？」

『もう狭いネカフェは勘弁や。今、東京駅に向かってる。このまま新幹線に乗るつもり』

「新幹線？」

『今までホンマありがとね。デイトレに誘ってくれて、思い切ってやってみてよかった。京華さんが言った通り楽しかったわ。結果は散々やったけど、後悔なんてしてへんよ。……心残りはうちの人のことだけ。でも、こんなアホなアタシがそばにいたら、彼の足を引っぱっちゃう……。だからさ、アタシは消えるしかないんだよね。株のことは一生の秘密ってことにしてね。落ち着いたらまた連絡するから……』

「ちょっと待って、まだ大阪に帰らないで。あのね、あれからいろいろあって、みんなに私たちのこと知られちゃったの」

『え？　みんなって？』

「ランチ会のメンバー。いま一緒にいる。海老沢さんも事情を理解して、茜さんの帰宅を待ってるって。離婚する気なんてないみたいだから、安心して家に戻ってほしいの」

『ちょっと意味がわからへん。なんでそんなことになったん？』

「詳しいことはあとで話すから、とにかく新幹線には乗らないで……あっ」

横から愛が手を伸ばし、「ちょっと貸して」とスマホを奪い取った。

「もしもし、愛です。茜さん、ワタシが全部説明する。いま銀座なんだけどお宅にすぐ向かうから、茜さんもそこから家に戻って。問題はすべてクリアしてあるから大丈夫。だからワタシを信じてすぐ帰ってちょうだい。わかった？　――ねえ、返事をして！」

『……わ、わかった。アタシも何があったのか気になるし、とりあえず一回戻るわ』

「その言葉、信じるからね。じゃあ、またあとで！」

凄《すさ》まじい勢いでまくし立て、愛はスマホを京華に返した。

「というわけで、ワタシは海老沢さんの家に行きます。斗真さん、カエデさん、京華さんに皆さん、ご協力ありがとうございました。お礼は改めてさせてくださいね」

愛が席を立ち、急ぎ足でラウンジから出ていこうとする。

「待って待って。あたしも心配だから一緒に行く！」とエリナもあとに続き、「わたしも行くわ。警部さん、ここで失礼します」と育子も立ち上がる。

「じゃあ、私も」

京華も三人のあとを追おうとしたのだが、「京華さんはまだ行かないでください」とカエデが腕を押さえた。

「……な、なに？　全部話したじゃない。まだなんかあるわけ？」

「あります。大事なお話が残ってるんです。ですよね、警部」

「その通り。今日の目的は、茜さんを家に戻すことでした。そのためには、どうにかして赤いハイヒールの人物の正体を暴き、その人に動いてもらう必要があった。お陰様でその目的は果たされました。なので、そろそろあなたの本心を聞かせてください」

カエデは京華を無理やり座らせ、警部と共に彼女の左右に腰を下ろした。

「さっき、電話の会話が聞こえちゃったんです。茜さん、『デイトレに誘ってくれて、思い切ってやってみてよかった。京華さんが言った通り楽しかった』って言ってましたよね。京華さんは、茜さんのほうがやりたがってたような言い方をしてましたけど、本当は違うんじゃないですか？」

問いかけるカエデに、京華は何も答えない。

続いてグルメ警部が、彼女に語りかける。

「あなたのインスタを、さかのぼって見させてもらったのですが、ちょっと気になる記事があったんです。ひと月ほど前のランチ会の料理がアップされた記事です。この日はイタリアンだったんですね。そこには、こんな文章が綴《つづ》られていました。〈今日も平和なランチ会。美味しいものは心身を癒《いや》してくれます。食事中にふと、『悪銭身につかず』『身の丈を知れ』なんて言葉が浮かんできました。謙虚な気持ちって大切ですよね。私も肝に銘じて、身の丈に合ったグルメライフを送りたいと思います〉。

一見、なんてことのない記事ですが、このときすでに、あなたと茜さんはデイトレに励んでいた。そう思うと、意図のある記事に見えてくるんです。悪銭身につかず、身の丈を知れ。これは、茜さんに対する本音だったのではないでしょうか。それに昨日、あなたはカエデの前で、茜さんのお住まいについてこう言いました。『身の丈に合った感じのステキなお宅だった』と」

そう、確かに京華は茜に対して言ったのだ。「身の丈に合った」という、上から目線のようにも受け取れる言葉を。

しかし、相変わらず京華は固く口を閉ざしている。

「あなたは、茜さんを下に見ていた。株取引に興味などなかった茜さんを、あなたが強引に誘った。信用取引のデイトレなんて、素人がうまくいくわけがないと知りながら。——それが真相なんじゃないですか？」

「……警部さん、すごい想像力ですね」

やっと声を発した京華は、これまでとは打って変わった好戦的な笑みを浮かべている。

「まずは想像してみないと、全体像が見えてこないので」

「なんのために、私の本心を探りたいんです？」

「これ以上、茜さんのような目に遭《あ》う人を出さないためですよ。茜さんはあなたを信じているようだった。被害に遭ったなんて思ってもいないでしょう。こういった、法では裁けない悪行を未然に防ぐのも、警察の仕事ですので」

「悪行……ね」

ふてぶてしい微笑みを張りつけたまま、彼女は警部を睨みつける。

「私は最低の悪い女。夫のためにデイトレをしてたなんて嘘。本当は茜さんを嵌《は》めるためにデイトレを利用した。わざと見込みのない企業のクズ株を勧めて、追証になるまで追い込んだ。思った通り奈落の底に落ちていった茜さんを、そばで冷ややかに見ていた。離婚させて大阪に帰そうとしてたのに、愛さんたちの前であなたに誘導されて、大阪行きを止めざるを得なくなった。——とでも言えば、ご満足なのかしら？」

ギラリと目を光らせる。なんだか恐ろしい。

「その逞《たくま》しい想像力に免じて、これだけは教えて差し上げます。品のない海老沢茜は、私たちのランチ会に相応しい女性ではない。そう思ったことはありますよ。

から去っていった。


……では、これで失礼します。興ざめしたので、真っすぐ家に帰ります。今の会話はご内密にお願いしますね」

　すっくと立ち上がった京華は、黒いハイヒールの音を鳴らして、姿勢よくその場から去っていった。


「もー、あと味ワルッ！　結局、真相は闇の中ってヤツじゃないですか」

　大量に余っていたスイーツやパイを頬張りながら、カエデはグルメ警部に不満をぶつけていた。

「まあ、最後の言葉で認めたようなものだ。やはり京華さんは、茜さんが気に入らなかったんだな」

「だからって、本当にデイトレで奈落に引きずり落としたんだとしたら、どう考えてもやりすぎですよ。はっきり言って異常です！」

「実は、京華さんの旦那さんに関するニュースが、もうひとつ見つかったんだ。舞台で共演した二十代の女優との再婚に向けて、離婚の準備に入った。すでに現在の妻とは別居中、とのことだった」

「離婚？　別居……？」

　意外な情報だった。好戦的でふてぶてしく映った京華の顔が、脳内で急速に苦し気な泣き顔へと変化していく。

「本当に寂しかったのは、京華さんだったのかもしれないな。だから、無邪気で旦那さんに大事にされている茜さんを、憎々しく感じてしまった。やり場のない怒りを、幸せそうな茜さんにぶつけてしまった。……それが真相だってことにしておかないか？」

「はい……」

　人は見た目や言葉では計り知れない。先入観を持ってはいけない。そう思っていたはずなのに……。

　きっと誰にだって、心に秘めた弱さや痛みがあるんだ。そのせいで、ときには他人を攻撃してしまうことだってある。そうでもしなければ耐えられないほどの苦しみ、わたしには経験がないだけで――。

　ああ、少し大人になった気になってたけど、わたしって、まだまだ人生修行が足りないんだろうな……。

「そうしょげるな。せっかくのアフタヌーンティーが台無しだぞ。私もサンドイッチをいただこう。紅茶のお代わりを頼もうか」

「はい!」

そうだ、警部とふたりきりの、憧れのアフタヌーンティー。何があったとしても、今を楽しまないと大損だよね。

気を取り直したカエデは、冷めた紅茶を入れ替えてもらうために、黒服のウエイターへ勢いよく手を上げた。

◈

数日後の朝。グルメ警部を迎えに行ったカエデは、ミニクーパーに乗り込んできた彼から報告を受けた。

「愛さんから連絡があった。茜さんは無事に家に戻ったそうだ。涙ながらに二度と株取引には手を出さないと誓って、借金は海老沢さんが整理した。彼は、素直な茜さんが半ば強引にデイトレさせられていたと、理解しているからな。次の連休は、ふたりで温泉に行くらしいぞ」

「よかったー。夫婦水入いらずで仲良くしてほしいですね」

「それから、京華さんがランチ会から抜けたいと申し出たらしい」

「……そうですか」

会話が途切れた。警部はこれ以上、京華の話題を続ける気はないようだ。

「じゃあ、出発します。霞《かすみ》が関《せき》でいいですよね？」

「頼む。……そうだ、政恵さんに渡すものがあったんだ。ちょっと待っててくれ」

警部は車から降り、門の前で見送ろうとしていた政恵に何かを差し出している。大きめの洒落た紙袋だ。

ピンときたカエデは、戻ってきた警部に質問した。

「今のって、キドニーパイのシェフへのプレゼントじゃないですか？　政恵さん、うれしそうに受け取ってたし」

「まあな。やり慣れてないから、何度も失敗したよ」

「失敗って、警部が手づくりしたってことですよね？　何を作ったのか知りたいです」

「大したもんじゃないよ。さ、車を出してくれ」

「はい」

デパートの外商サロンで買ったもので、一体何を……？

プレゼントの内容が気になって、追及したくなったのだが、きっと答えてもらえないだろうと諦めて車を発進させた。

◈

さらに数日後の朝。カエデは早めに田園調布《でんえんちょうふ》の邸宅に到着した。

グルメ警部が出てくるのを車内でのんびり待っていると、エプロン姿の政恵が門の中から小走りでやってきた。

「カエデさん！　斗真さんから預かったプレゼント、アリスさんに渡したんだけどね、あたしにも中身を見せてくれたの！」

「なんだったんですか？　ずっごく気になってたんです」

「写真を撮らせてもらっちゃった。斗真さんには絶対に内緒よ」

握っていたスマホの画面をカエデに見せる。

そこに写っていたのは……。

「うわー、すごい！　超カワイイ！」

粘土で作られた、色とりどりのミニチュアフードだった。

小さなショーケースの中にテーブル代わりの板が敷かれ、三つの白い丸皿に料理が盛られている。その皿も極小フォークとスプーンも、すべて粘土でできているようだ。

右の皿は、ワンピースだけ切り取られたキドニーパイ。こんがりと焼き目の入ったパイの中から、牛肉と野菜のシチューがとろけ出ている。

左の皿は、極細のどこか愛らしいパスタに、大きなミートボール入りのトマトソースがたっぷり。さらに、刻みパセリと粉チーズまでかけられている。

そして、真ん中の手前の皿は、脇にグリーンサラダが添えられた黄色いオムレツ。その中央には、真っ赤なケチャップで〝とうま〟と描かれていた。

「——これはね、子どもの頃の斗真さんの好物。乳母だったアリスさんに、よくおねだりしてた料理なのよ。オムレツに自分の名前を入れてもらうのが、大好きだったの」

政恵はすでに、目を潤《うる》ませている。

グルメ警部は、外商サロンで粘土や絵の具や小物など、これを作るための材料を選んで購入した。粘土をこねて伸ばしてカットして、料理のパーツを丁寧に作ってベースを完成させ、乾かしてから色を塗って仕上げていった。きっと、何度も何度も失敗しながら。

「政恵さん、警部はこれを自分でコツコツ作ったんですね。まるで小さな子どものように」

カエデの視界も、じわりとぼやけてきた。

「そうね。昔、よくアリスさんとこうやって、粘土で料理を作って遊んでたらしいの。アリスさん、このショーケースを胸に抱いたまま、声を上げて泣いてたわ。アリスさんの中で斗真さんは、今でも子どものままなんでしょうね……」


――それは、幼少の頃の幸せな記憶。

名乗り出られない実母の、あたたかい手料理。

実母と一緒に戯れた、懐かしい粘土遊び。

息子からの愛情がこもった、世界でひとつだけの贈り物――。


「……政恵さん。いつか警部とアリスさんが、ちゃんと逢える日が来ますよね」

「ええ、必ず。堂々と話せる日が来る。来なかったら、あたしがなんとかしてみせるわ」

「そのときは、わたしも協力します。絶対に」

決意を新たにしたとき、門の中から警部が姿を現した。

美しいブラウンの瞳、透明感のある白い肌。スタイリッシュなトムフォードのメガネと、英国製のスーツがよく似合う、均整《きんせい》の取れた身体《からだ》つき。

まるで、映画のスクリーンから抜け出てきたスター俳優のようだ。

……某スパイ映画の。

「斗真さんがいらしたわ。カエデさん、いま見たこと内緒にしてね」

「もちろんです」

政恵がスマホをエプロンのポケットに仕舞い込む。

グルメ警部が颯爽《さっそう》と車に近寄ってくる。

「おはよう。待たせてすまない」

「いえ。今日もいい天気ですね」

「……そうか？　曇《くも》り空だけど」

「わたしの心の天気です。最高の快晴ですよ！　ねえ、政恵さん？」

「そう思うのは大事よね。斗真さん、お気をつけて行ってらっしゃいませ」

「ああ、いつもありがとう。行ってきます」

車の後部座席に乗り込む警部が、無垢な幼児《おさなご》のように思えてくる。

今夜は、どこで食事をするのかな？　わかり次第、政恵さんにメールしよう。そしたらきっと、帽子で顔を隠したアリスさんが姿を現す。素晴らしいプレゼントをくれた、最愛の息子をひと目見るために。

「警部、今夜のご予定は？」

車を発進させながら、カエデは後ろの警部に声をかけた。

「六時には終わる。久しぶりに小林《こばやし》も呼んで、三人で食事に行くか」

「ぜひ！　小林さん、しばらく会ってないけど変わりないですか？」

「あいつ、カエデも行ったシーフードレストランの合コンで、ＯＬの彼女ができたみたいなんだ」

「マジですかっ？」

「だけど、すぐに別れを切り出されたらしいんだよな。落ち込んでたから、話を聞いてやらないと」

「その話、わたしも興味あります！」

「では、私の確保店から選んでおく。ジャンルのリクエストはあるか？」

「お任せします。警部が確保した店にハズレはないので」

「わかった」

膝でノートPCを広げた警部が、キーボードを叩き出す。

もしかすると仕事風に見せておいて、実はレストラン情報を眺めてたりしてね。

だけど……。

そんなあなたと過ごす時間が、わたしにはとても尊いのです。これからも可能な限り、そばにいさせてください。

カエデは信号待ちの車内で、ルームミラー越しにグルメ警部を見てから、清々しい気分で微笑んだのだった。

目次・扉デザイン——長崎綾（next door design）

本書は、書き下ろし作品です。

著者紹介
斎藤千輪（さいとう　ちわ）
東京都町田市出身。映像制作会社を経て、現在放送作家・ライター。2016年に『窓がない部屋のミス・マーシュ』で第２回角川文庫キャラクター小説大賞・優秀賞を受賞してデビュー。2020年、『だから僕は君をさらう』で第２回双葉文庫ルーキー大賞を受賞。主な著書に「ビストロ三軒亭」シリーズ、「神楽坂つきみ茶屋」シリーズ、「グルメ警部の美食捜査」シリーズ、『コレって、あやかしですよね？放送中止の怪事件』『トラットリア代官山』『闇に堕ちる君をすくう僕の嘘』など。

ＰＨＰ文芸文庫　グルメ警部の美食捜査３
美味しい合コンパーティーの罠

2023年１月24日　第１版第１刷

著者　斎藤千輪
発行者　永田貴之
発行所　株式会社ＰＨＰ研究所
東京本部　〒135-8137 江東区豊洲5-6-52
文化事業部　☎03-3520-9620（編集）
普及部　☎03-3520-9630（販売）
京都本部　〒601-8411 京都市南区西九条北ノ内町11
PHP INTERFACE　https://www.php.co.jp/
組版　朝日メディアインターナショナル株式会社
印刷所　株式会社光邦
製本所　株式会社大進堂

ISBN978-4-569-90266-1

PHP文芸文庫

グルメ警部の美食捜査

斎藤千輪 著

この捜査に、このディナーって必要⁉ 聞き込み中でも張り込み中でも、おいしい料理にこだわる久留米警部の活躍を描くミステリー。

PHP文芸文庫

グルメ警部の美食捜査2

謎の多すぎる高級寿司店

斎藤千輪　著

今度の謎は高級寿司⁉　捜査よりも美食にこだわる（？）久留米警部と相棒カエデの活躍を描くグルメミステリー第二弾。

PHP文芸文庫

占い日本茶カフェ「迷い猫」

標野凪 著

全国を巡る「出張占い日本茶カフェ」。その店主のお茶を飲むと、不思議と悩み事を相談してみたくなる。心が温まる連作短編ストーリー。

PHP文芸文庫

伝言猫がカフェにいます

標野凪 著

「会いたいけど、もう会えない人に会わせてくれる」と噂のカフェ・ポン。そこにいる「伝言猫」が思いを繋ぐ？　感動の連作短編集。